Du même auteur, chez le même éditeur :

Tentative de reconstitution d'un Paris-Dakar
>Récits d'une adolescence vagabonde
dans les années cinquante
à travers l'Europe et l'Afrique.

La Terre est plate comme une limande
>Récit d'un tour du monde en autonome.
Juillet-Août 2015.
Chine, Japon, Californie, New York.

Bribes d'ici et d'ailleurs
>Nouvelles et autres fantaisies.
Agrémentées de photographies de l'auteur.

Illustration de couverture
>*Canton de La Rochefoucauld* (Charente).
Noce. Vers 1930.
Collection particulière.

Par fidélité à mon hameau de Charente, berceau de la famille Tingaud...

© 2021, Jean-Paul Margnac
Édition : BoD – Books on Demand,
12/14 rond-point des Champs-Élysées, 75008 Paris
Impression : BoD - Books on Demand, Norderstedt, Allemagne
ISBN : 9782322250844
Dépôt légal : Juin 2021

Ah ! Monsieur est charentais !
Trois aventures d'Albert Tingaud
Commissaire poète

NOUVELLES POLICÉES

*

Jean-Paul Margnac

Sous le soleil de l'autoroute.

Par une matinée ensoleillée de printemps un retraité prend son petit déjeuner à la terrasse d'un café de *Saint-Laurent sur Saône*, en face de *Mâcon*. Parcourant la presse locale, un titre lui fait plisser le front.

" Dans l'affaire de la mort de l'industriel X au Creusot, la cour d'appel de Saône et Loire confirme la condamnation de son épouse à la réclusion criminelle à perpétuité pour assassinat. Les peines de ses complices ont été alourdies. Respectivement trente et quinze ans de réclusion ". L'article rapportait qu'à l'énoncé du verdict la condamnée avait fait un malaise.

Bien des années auparavant ce quidam, alors commissaire de police, avait traité l'affaire. Il reposa le journal avec un air de contentement. La journée s'annonçait belle…

*

Ce lendemain d'un long week-end de quinze août était caniculaire.

Au commissariat de police du Creusot, la visite d'une jeune femme en milieu d'après-midi le sortit de sa torpeur. Après lui avoir indiqué le chemin, le planton observait avec intérêt ses jambes nues monter l'escalier menant à l'étage où l'attendait l'inspecteur Marandat.

Son chef, le commissaire divisionnaire Albert Tingaud, devait la recevoir en personne, à la demande du maire, pour une délicate formalité.

En polo devant son ordinateur, il fit pivoter son fauteuil quand elle entra et reçut comme un éblouissement.

Ce n'était pas l'effet de la chaleur !

D'allure sportive, cheveux blonds coupés au carré, des yeux bleus magnétiques, sa visiteuse dégageait un charme incroyable !

Un chemisier sans manches et une jupe courte en coton écru rehaussaient le bronzage de ses bras et de ses jambes, chaussées de nu pieds en fines lanières de cuir.

Le commissaire endossa sa veste et la pria de s'asseoir car l'affaire ne portait pas à la badinerie.

A la suite de la mort accidentelle de son mari, la veille, en rentrant de vacances, la dame venait pour une autorisation de transport de corps hors du département. La macabre routine.

Tingaud prit connaissance du constat du décès, rédigé par le médecin des pompiers, du permis d'inhumer, signé du maire et du rapport de gendarmerie sur les circonstances de l'accident.

" Nous, soussignés… Brigade de *Montceau-les-Mines*, nous étant rendus ce jour dix-neuf août 1996… avons constaté, à une heure quarante-cinq du matin… ".

La victime avait été happée par un poids lourd à l'aplomb d'un décrochement de la voirie faisant office de parking d'urgence.

"… route à deux voies, chaussée sèche… M. X a été mortellement heurté à proximité de son véhicule, un cabriolet décapotable de marque Saab, par un poids-lourd conduit par M. Y. Le point d'impact a été évalué à un mètre cinquante du siège du conducteur. La Dame X, son épouse, a déclaré que son mari était descendu pour vérifier l'état de ses roues ".

Somnolant sur le siège passager, elle avait été réveillée par un crissement de pneus suivi du bruit mou de la collision.

Brrouu, il s'en passe des choses la nuit sur les routes de Saône et Loire !

Quelques heures après le drame, encore sous le choc, le récit de cette nuit tragique, débité mécaniquement, semblait opérer comme un exorcisme.

Tingaud écoutait la jeune femme avec la compassion exigée en de pareilles circonstances. Bel homme, quinquagénaire célibataire, sensuellement actif dans sa vie personnelle, il la trouvait fort désirable.

En dépit de cette attirance, sa fibre de flic restait en éveil.

Or, plus elle parlait, plus le doute s'insinuait.

*

L'autorisation établie, la visiteuse se leva et le commissaire la raccompagna à l'escalier. Puis, d'une fenêtre donnant sur la rue, attendit qu'elle fût sortie pour vérifier si on l'attendait.

Elle prit seule le volant de son cabriolet rouge, capote ouverte et démarra.

La trentaine, directrice d'une agence de communication, malgré la sensualité qu'elle dégageait, cette femme ne lui était pas sympathique.

Durant leur court face à face, la jeune femme lui avait fait sentir qu'ils n'appartenaient pas au même monde.

Avant de se remettre à l'ordinateur, Tingaud appela le planton pour obtenir le journal où il avait vu le matin même, sans y prêter attention, l'information sur l'accident.

*

La journée touchait à sa fin. Le quotidien avait été déposé sur son bureau.

Titrée " L'industriel X trouve une mort accidentelle en rentrant de vacances ", la photo illustrant l'article, prise au flash la nuit de l'accident, montrait la femme fixant l'objectif d'un air hagard, entourée de képis de gendarmes, de gyrophares, l'ambulance en arrière-plan.

Le cliché tirait son intensité dramatique du contraste entre l'horrible accident que l'on devinait et l'incroyable présence de la jeune femme.

Juste vêtue d'un short en jean et d'un bustier découvrant le ventre, son nombril devenait le point de fuite de toute la scène.

La rédaction du journal fut appelée pour obtenir un tirage du cliché original. Afin de lui être agréable, le photographe proposa de lui en faire porter un par coursier.

Vers vingt et une heures, en rentrant de dîner, le commissaire prit l'enveloppe dans sa case.

Arrivé à son bureau, l'ordinateur et le scanner furent mis en route.

Le commissariat du Creusot ayant été choisi comme site pilote de la toute nouvelle politique du *"zéro papier"*, Albert avait vite appris à détourner ces équipements de leurs fonctions classiques.

Le tirage couleur posé sur le scanner, l'image apparut sur l'écran.

La sensualité dégagée par le personnage était incroyable.

La scène fut recadrée sur la jeune femme puis soumise à quelques manipulations graphiques.

Un effet de solarisation rendait la silhouette encore plus désirable. Un autre, en renforçant les parties claires sur la peau bronzée, montrait la trace de la ceinture de sécurité sur l'épaule de la jeune femme.

Au bout d'une heure, Albert éteignit la machine et rentra chez lui.

Le surlendemain, l'affaire avait pris une autre tournure. La victime, non contente d'être un industriel connu, était aussi le bailleur de fonds d'un cercle politique départemental. Le parquet de Saône et Loire s'agitait car des rumeurs faisaient état d'incohérences dans le récit de l'accident relaté par la presse.

*

Une information judiciaire était ouverte pour homicide involontaire à l'encontre du camionneur. La gendarmerie, à l'origine des premières constatations, était dessaisie au profit de la police judiciaire.

Tingaud débuta son enquête en appelant le commandant de la brigade qui lui fit part des doutes tardifs des auteurs du rapport car plusieurs détails les chiffonnaient.

Bien sûr, le corps n'était pas beau à voir. Un trente-huit tonnes qui vous passe dessus…

Le chauffeur, bosniaque, avait déclaré que, roulant en feux de croisement à cause d'un véhicule venant en sens inverse, la silhouette d'un homme à quatre pattes sur la chaussée ne lui était apparue qu'à la dernière seconde.

Vu l'étroitesse de la route, tout écart pour l'éviter avait été impossible car le croisement avec la fourgonnette l'ayant obligé à baisser ses phares eut lieu à ce moment précis. Malgré un freinage d'urgence, la victime avait été percutée par l'avant droit de son véhicule.

Or, si le camionneur avait aperçu la silhouette dans la position décrite, c'est le bassin qui aurait dû subir l'impact et le corps se retrouver sur le dos mais les gendarmes avaient constaté que les roues étaient passées sur un corps allongé sur le ventre. Le pneu avant droit du semi-remorque l'avait mordu un peu au-dessus du bassin.

Autre fait curieux, le décrochement où stationnait la Saab, signalé deux cents mètres avant comme parking d'urgence, n'était pas éclairé. Si son conducteur cherchait à vérifier l'état de ses pneus en pleine nuit, il aurait dû être muni d'une source de lumière. Or, le lendemain matin, retournés sur les lieux, les enquêteurs ne trouvèrent aucune trace, ni d'une torche électrique oubliée, ni même d'une baladeuse à brancher sur l'allume-cigare.

De toute façon, inculpé d'homicide involontaire, le camionneur était sous un double contrôle judiciaire, pour l'accident et une précédente affaire de trafic de détecteurs de radars prohibés, en provenance des Balkans. Le matériel avait été saisi au cours d'une de ses rotations régulières entre la Bosnie et Le Creusot. Si l'enquête devait être requalifiée en homicide volontaire, on l'avait sous la main.

Le rapport de l'hôpital, présenté pour l'obtention du permis d'inhumer, confirmait le constat des gendarmes sur l'emplacement des blessures et révélait un taux d'alcoolémie d'un gramme dix. Ce dernier point pouvait à lui seul expliquer l'accident. L'industriel, dans le coaltar, n'aurait pas entendu venir le camion. Mais alors, comment pouvait-il conduire dans cet état et conserver assez de lucidité pour vérifier une hypothétique crevaison ?

Leur conversation se termina sur cette interrogation sans réponse.

En raccrochant le combiné, le mot crime s'était substitué dans l'esprit d'Albert au mot accident. Son instinct de chasseur se réveillait et le plaisir toujours renouvelé de la traque d'un gibier d'assises. Maintenant, c'était certain, il était sur une piste et ne la lâcherait pas.

*

Avant d'entendre le chauffeur du camion, le juge d'instruction chargea le commissaire d'interroger la veuve de la victime afin d'obtenir un procès-verbal détaillé des heures précédant l'accident.

Elle se présenta à son bureau à dix heures.

Sobrement élégante, affichant une légère touche de deuil dans un ensemble tailleur pantalon gris perle, talons hauts, elle n'avait plus rien de la sauvageonne excitante, surprise par le flash du photographe.

Tingaud débuta l'audition en rappelant qu'une information judiciaire était ouverte pour homicide par imprudence et qu'il devait recevoir sa déposition concernant les heures précédant le drame.

L'entendant d'abord seul à seul avant d'appeler Marandat pour enregistrer sa déposition, ce serait le diable si le même récit, repris deux fois, ne comportait pas une légère incohérence, ouvrant la porte aux questions déstabilisantes.

Dans son rôle d'enquêteur, le commissaire divisionnaire était intimidant.

Plus d'un dur avait rabattu son caquet devant cet homme d'un mètre quatre-vingt-cinq, à la carrure de rugbyman, aux cheveux drus coupés en brosse, placide en apparence mais aussi tenace qu'un pitbull quand il tenait sa proie.

La jeune femme fit le récit de la journée du drame sur le même ton qu'elle aurait raconté ses dernières vacances à une amie.

Le dimanche dix-huit août vers onze heures, ayant passé une semaine seule dans le studio que le couple possédait à Tarragone en Espagne, elle avait rejoint son mari à Valence en fin d'après-midi.

Pour la déstabiliser, Tingaud s'étonna qu'elle ait conduit la Saab d'un trait sur plus de six cents kilomètres d'autoroute.

Sans se troubler la jeune femme répondit avoir l'habitude de parcourir seule de telles distances, ajoutant "avoir pris un réel plaisir à conduire, capote relevée, le vent sur le visage".

Le couple avait dîné dans une auberge à la sortie de *Tournon*, sur les bords du Rhône. Le repas s'était éternisé. Ils avaient beaucoup parlé et son mari avait trop bu. Pour lui éviter un contrôle positif à l'éthylotest, elle avait repris le volant pour les conduire au Creusot, leur destination finale.

Après avoir quitté l'autoroute à hauteur de Mâcon, un peu avant minuit, ressentant un coup de fatigue juste avant d'aborder les lacets des *Monts du Charollais* par la départementale 980, son mari avait repris le volant pour la dernière partie du parcours.

Quelques kilomètres avant *Montceau-les-Mines*, à une demi-heure de leur destination, la voiture s'était garée sur le parking d'urgence. Surprise, à demi réveillée, la passagère en avait demandé la raison. Selon ses dires, ressentant du flou dans la direction, son mari voulait vérifier la roue avant droite.

Quant aux constations relatives à l'accident lui-même, elles figuraient dans le rapport de gendarmerie. Elle n'avait rien à y ajouter.

Son récit fut répété mot à mot quand l'inspecteur enregistra sa déposition. Durant l'audition, la jeune femme conserva à l'égard du commissaire l'attitude hautaine déjà affichée lors de leur premier face à face. Albert ressentait des sentiments contradictoires envers cette femme. D'un côté, un attrait, de l'autre, le soupçon de plus en plus fort d'une sordide affaire criminelle.

*

Six semaines après "l'accident", sans même avoir fait l'objet d'une reconstitution, le dossier de la mort de l'industriel X fut classée sans suite.

Bien que le seul témoin éventuel de l'accident — le véhicule croisé au moment de l'impact—, n'ait pu être identifié, aucune incrimination criminelle ne fut retenue à l'encontre du routier bosniaque.

En revanche, le tribunal correctionnel le condamna un peu plus tard à trois mois de prison avec sursis dans son affaire de trafic de détecteurs de radars.

Pour le commissaire l'enquête avait été bâclée et le classement trop hâtif. N'ayant pu entreprendre d'investigations sérieuses, l'implication du ou des criminels serait plus difficile à prouver si jamais les autorités judiciaires changeaient de position. Il se sentait floué.

Une démarche auprès de sa hiérarchie pour exposer ses suspicions ne recueillit que des railleries.

« Tingaud, c'est pour la cuisiner que vous voulez la voir mise en examen cette belle veuve ! ». Même son de cloche auprès du procureur, « Circulez, y'a rien à renifler là-dessous ! ».

Fin octobre, l'occasion lui fut offerte de bavarder avec l'un des gendarmes présents sur le lieu de l'accident. Le préfet, soucieux de la bonne entente entre les différents corps de l'État placés sous son autorité, organisait des rencontres informelles autour d'un buffet campagnard.

A la fin d'une partie de pétanque les deux hommes avaient causé à l'écart.

La brigade savait à quel point le commissaire était déçu de l'abandon des poursuites. C'est par sympathie que le gendarme répondit à ses questions.

Au-delà des constatations de routine, l'attitude de la jeune femme l'avait intrigué.

Ambiguë car tout à la fois sous l'emprise de l'émotion provoquée par les conditions horribles de la mort de son mari mais aussi en permanence sur le qui-vive.

Cette remarque confortait Tingaud dans sa perplexité et le porta à demander au brigadier de restituer tout ce que son œil avait enregistré de la scène, "comme une caméra"…

En premier, la tenue de la jeune femme et son aspect incroyablement sensuel, même dans ces tragiques circonstances.

Puis la voiture garée en bordure de la chaussée, la capote refermée, les deux portières grandes ouvertes, les feux de détresse allumés, des bagages à main sur le siège arrière et une valise dans le coffre.

En ouvrant la boîte à gants, il vit des cartes routières, un paquet de bonbons et une paire de gants de femme.

Pourquoi préciser "gants de femme" ? Parce que, tenus en main, leur texture (une sorte de suédine) ainsi que leur taille, indiquaient leur destination. N'était-ce pas curieux de trouver cet accessoire en plein été, en décalage avec la tenue de la dame ? La question resta sans réponse.

Le gendarme n'avait plus rien à ajouter. Albert le remercia, mangea deux paires de merguez, but trois verres de rosé et rentra chez lui.

*

Peu à peu ses doutes se transformaient en certitude. C'était non pas un meurtre mais un assassinat.

Le mari n'avait pas été écrasé par hasard.

On lui avait tendu un guet-apens et le chauffeur du semi-remorque était complice. Mais comment le prouver ?

Un dimanche, le besoin de flairer la scène du crime l'avait conduit sur le petit parking.

Son esprit enregistrait les multiples signes qu'expriment ces mètres carrés anonymes. Les gravillons enrobés d'une poussière grise si particuliers à ces non-lieux. Les trois arbustes décharnés censés offrir de l'ombre aux vacanciers. La poubelle laissant échapper de son sac plastique d'innombrables détritus. Les inévitables débris de verres, canettes de bière, glaces de phares, parebrises…

C'était un après-midi de novembre. Dans le champ fraîchement labouré jouxtant le parking un homme l'observait depuis quelques minutes.

« Vous cherchez quelque chose ? » Tingaud bredouilla une réponse sans conviction, mais la deuxième interpellation fit mouche.

« Vous êtes de la police ? » Il n'esquiva pas. « Oui, pourquoi ? ».

« Oh, pour rien. Mais y'a deux s'maines, quand j'labourais, mon chien a flairé un truc en plastique qu'la charrue avait déterré en lisière du champ, pas très loin d'où vous vous trouvez.

Ça r'ssemblait à un jouet de gosse avec des boutons… J'l'ai porté à la gendarmerie. Dans un an, qu'y m'ont dit, c'est à toi ! J'me d'mande ben c'que j'en f'rai… ».

Sans le savoir ce paysan venait de lui fournir la première pièce du puzzle criminel.

Et cette amorce était la coordination entre les complices.

Comment le top final avait été envoyé au chauffeur pour entrer en action !

Pour être crédible l'accident devait se produire fortuitement sur le trajet d'un poids-lourd roulant à allure normale, même suivi par d'autres véhicules. La synchronisation était la clé du plan.

Les complices avaient choisi la CB, un équipement utilisé par les routiers pour rester en contact avec leurs collègues tout en conduisant. Et c'est une CB portative que la charrue avait déplacée !

Le soir de l'accident, en examinant le véhicule, le gendarme avait aussi été surpris de trouver à bord un radiotéléphone GSM. En 1996 les utilisateurs de ce type d'équipement, distribué par *France-Telecom*, étaient encore rares.

Sa possession signait l'appartenance à une certaine classe sociale. En bon enquêteur le commissaire avait cherché à savoir si cet équipement avait été utilisé dans l'heure ou les minutes précédant l'impact. La liste des appels, fournie par l'opérateur, n'en révéla que deux, celui pour réserver une table de restaurant à Tournon et le dernier pour appeler les secours.

Ah ! Cette jeune femme était douée ! Un téléphone GSM c'est très indiscret, d'où la CB !

Une piste se dessinait.

Le mari, assommé par l'alcool, sommeillait à son côté. La voiture garée sur le parking, elle avait alors utilisé la CB. Le camion devait suivre à un ou deux kilomètres. La liaison restait efficace et tout appel était immédiatement répercuté dans le haut-parleur de la cabine.

Les échanges durent s'opérer sur un canal convenu à l'avance. Pas le 16 ou le 19, mais un autre plus discret, comme le 23 ou le 48.

Le dernier appel, très bref, fut la confirmation que la Saab était en place selon le plan prévu.

Le boîtier, confié de façon informelle par la gendarmerie, fut discrètement soumis aux experts de l'identité judiciaire qui ne trouvèrent aucune empreinte digitale.

Tout était prévu d'avance. La paire de gants, ce n'était pas pour faire "classe" mais pour éviter de laisser des traces sur le boîtier !

Le maniement d'une CB est simple : choisir un canal puis appuyer sur le bouton "émission" pour parler et le relâcher pour écouter la réponse. L'absence d'empreintes s'expliquait facilement. Une fois les manipulations apprises, l'appareil avait été nettoyé à l'alcool puis rangé dans un banal sac plastique. La seule mais indispensable précaution était d'enfiler des gants avant de l'utiliser…

Outre une lourde complicité avec le routier et, à coup sûr celle d'une tierce personne, ce plan impliquait une autre condition, que le mari ait été placé presque inconscient sur la chaussée par sa femme.

*

L'automne s'installa…

Tingaud se ressassait les déclarations de la veuve, consignées dans sa déposition : le départ de Tarragone, les longues heures de conduite dans la Saab décapotée, les retrouvailles avec le mari à Valence, le dîner à Tournon… rien ne se dessinait.

Faute d'avoir obtenu une commission rogatoire, impossible de vérifier si la jeune femme était partie seule d'Espagne.

Marandat de son côté, durant un week-end passé dans la région, avait discrètement questionné le personnel de l'auberge. « Pour nous, cette journée a été la pire de l'été… On n'a pas fait attention à ceux qu'on servait… » mais l'imprégnation alcoolique du mari fut confirmée.

« Ah si ! Je me souviens… La dame de la photo, oui, elle s'est beaucoup attardée… Même que je lui ai fait comprendre qu'elle devait laisser la place à d'autres clients… Elle a fait mine de ne pas entendre… Pour me clouer le bec, elle a commandé une autre bouteille de vin… ».

Sur le couple, Tingaud disposait d'indices glanés au gré de conversations avec les commerçants de son quartier et des confidences de témoins "bien intentionnés", venus d'eux-mêmes les lui livrer.

Le mari était décrit comme un homme discret aux goûts simples. Propriétaire d'une fonderie, la cinquantaine bien tassée, veuf d'un premier mariage, il faisait partie de l'ancienne bourgeoisie industrielle creusotine. Sa mère habitait un village de la Drôme, à proximité de *Saint Marcellin*. C'est là qu'eut lieu l'enterrement, dans l'intimité.

Très amoureux de sa femme, il cédait à ses caprices, même les plus dispendieux. Malgré cette prodigalité, la rumeur laissait entendre que la dame le traitait de façon méprisante. Pour certains, "elle devait avoir un ami". On penchait pour le chef de file d'un parti de la région.

Rumeur plus inquiétante, certains faisaient état d'une prévisible déconfiture de l'usine tant les sommes ponctionnées grevaient sa rentabilité.

En effet, toujours afin de lui être agréable, son entreprise baillait des fonds importants à ce parti dont son agence de communication assurait les relations publiques.

L'épouse, jeune fille d'origine modeste — ses parents, venus du Nord où son grand-père polonais était mineur, tenaient une épicerie au Creusot —, souhaitant devenir avocate, avait entrepris des études de droit. Douée pour le sport, elle avait acquis une notoriété régionale en remportant des compétitions universitaires de judo de haut niveau.

C'est d'ailleurs au cours d'une remise de coupe, offerte par la fonderie de son futur mari, qu'ils avaient fait connaissance.

En 1986, son mariage à vingt-deux ans avec l'industriel mit fin à ses études mais la propulsa dans la classe sociale dont elle rêvait depuis l'adolescence.

Les trois premières années, active, inventive et très à l'aise dans les relations humaines, la communication de l'entreprise l'avait occupée à plein temps avec un succès certain.

Ce fut au cours d'une réunion du *Lions Club* local dont son mari était membre, qu'elle fit la connaissance de celui qui deviendra peu de temps après son amant.

Tingaud avait déduit cette très probable liaison en reconstituant le parcours professionnel de l'épouse.

Sa première agence de communication avait été ouverte au Creusot en 1989. Son principal client, outre la fonderie, était le parti dont l'homme rencontré au *Lions* était le chef de file.

Deux ans après, prétextant un marché potentiel plus important, son agence fut déménagée à Mâcon, couverture opportune lui permettant d'y résider la semaine avant de rentrer au Creusot le week-end…

*

Ce crime impliquant la prémédication, Tingaud s'efforçait de reconstituer les motivations à l'origine du pacte liant le politicien et la veuve de l'industriel.

Auraient-ils monté cette machination, elle pour se débarrasser d'un mari de plus en plus détesté ; lui, pour s'afficher, durant ses campagnes électorales, avec l'image de la jeunesse et de la réussite ?

C'était peu probable tant les risques encourus étaient démesurés.

Quels étaient alors les facteurs ayant pesé dans la balance et hâté l'exécution du plan ?

Tingaud avait appris de ses informateurs que le mari avait trois enfants du premier lit et que ceux-ci détestaient leur belle-mère.

N'ayant elle-même ni eut, ni voulut d'enfants — personne n'en connaissait la raison —, une éventuelle succession lui était défavorable. Mariés selon le régime de la communauté réduite "aux acquêts", en cas de décès de son mari, peu de biens lui reviendraient en propre.

Avisée, l'épouse avait insisté pour, en cas de "malheur", bénéficier d'un contrat d'assurance sur la vie.

Un témoin avait aussi rapporté qu'au cours d'une scène de ménage, ayant menacé son mari de divorce, sa réponse avait été sans appel, « jamais » !

Autre point à prendre en compte, l'entreprise était sur le déclin. Au début des années quatre-vingt-dix, n'ayant pas su s'adapter à la libéralisation de l'économie puis à la mondialisation, son marché s'était dangereusement rétréci et la vétusté des équipements ne laissait pas entrevoir d'amélioration possible.

Cette situation entraînait chez son époux une telle anxiété qu'il était depuis peu sous anxiolytiques.

Consciente de la déconfiture annoncée, le siphonage de la trésorerie avait donc été organisé tant que cela était encore possible. Les fonds alloués au parti passant par le compte en banque de son amant, une partie se retrouvait dans sa poche.

Adepte des solutions radicales, c'est donc sans état d'âme qu'elle avait décidé de sacrifier cette "planche pourrie" pour vivre sans entraves une nouvelle vie.

Sûre, trop sûre d'elle-même, trop calculatrice, certaine d'échapper à toute poursuite grâce à son plan méticuleusement préparé, son complice fut forcé de la suivre dans cette entreprise criminelle.

*

Pour l'amant, homme public, les informations furent faciles à récolter.

Cinquantenaire, entrepreneur prospère d'une cave vinicole en bordure de la *Nationale 6* à l'entrée de Mâcon, cet activiste de tempérament était engagé à plein temps dans la politique.

Candidat aux élections législatives d'un parti situé sur un bord extrême de l'échiquier politique, ses professions de foi mentionnaient sa réussite professionnelle et sa fierté d'avoir servi comme sous-officier au 1er régiment de parachutistes de troupes de marine. Sa présidence d'une des associations d'anciens combattants du département était aussi mise en avant.

Sa carrière militaire fournissait un intéressant indice.

Brevet de parachutiste et bac en poche, admis à dix-huit ans à l'école des sous-officiers de *Saint Maixent*, il avait choisi le 1ᵉʳ RPIMA à sa sortie. Après avoir baroudé en Afrique, ses dix-huit années de services s'étaient terminées en 1991 par des missions dans les Balkans.

Ayant probablement gardé le contact avec d'anciens camarades, ce serait par leur entremise que le complice bosniaque aurait été recruté et payé.

Plus circonspect que sa maîtresse, le risque d'une telle action n'avait pu lui échapper. Pour contribuer malgré tout à la préparation et à la commission du crime il devait en être amoureux fou.

*

Ah ! décidément, cette affaire, traitée en dépit du bon sens, lui collait à la peau !

Mais, ayant eu vent de ses investigations hors de tout cadre légal, les autorités judiciaires lui adressèrent de discrets rappels à l'ordre. Son acharnement à dévoiler les coucheries et les petits arrangements entre notables risquait de lui coûter cher…

Après des heures passées à rapprocher les indices, les on-dit, les intérêts réciproques du couple, les faits s'imbriquaient trop parfaitement pour que Tingaud doute du scénario du crime.

*

Voici celui que le commissaire avait en tête.

Avant ce long week-end estival, un aqueduc car le 15 était un jeudi, la jeune femme avait exigé de prendre une semaine de vacances "pour elle toute seule" car elle "en avait marre" de toujours passer le quinze août chez sa belle-mère où elle "s'ennuyait à périr". Selon toute vraisemblance, l'épouse était donc partie "seule" pour Tarragone le dimanche précédent, avec son amant…

L'époux, n'ayant pas voulu emprunter un véhicule de société pour se rendre chez sa mère, était descendu jusqu'à Valence en TGV, puis loué une voiture pour rejoindre le village.

Tingaud avait vérifié ces faits au cours de son embryon d'enquête.

La femme était rentrée d'Espagne le dimanche dix-huit août, toujours accompagnée. Les amants s'étaient quittés en fin d'après-midi vers dix-neuf heures à la gare TGV de Valence.

Le rendez-vous avec le mari était fixé en centre-ville, dans la concession où le véhicule de location devait être rendu. Après la remise des clefs, ils prirent la route pour l'auberge de Tournon où une table avait été réservée à vingt heures.

Durant le repas, elle le cajola et se montra amoureuse mais son récit arrangé fut écouté sans illusion. Ce rôle de mari trompé ce n'était pas la première fois qu'il l'endossait. Qu'y faire ? N'étant plus de la prime jeunesse, incapable de la satisfaire physiquement mais trop épris, il pardonnait toujours.

Afin de minimiser le risque d'être surpris par d'autres automobilistes, le plan prévoyait que "l'accident" aurait lieu vers minuit sur la départementale 980. Pour être dans les temps, l'épouse devait prolonger la soirée au restaurant et pousser son mari à boire. A la fin du repas, abruti par l'alcool dont l'effet était renforcé par le traitement anxiolytique, son discernement était fortement amoindri.

Ce n'est donc qu'après vingt-deux heures qu'ils prirent la route vers le mortel rendez-vous.

Les complices avaient préparé le guet-apens de longue date et dans ses moindres détails. Le routier avait reçu ses instructions et un acompte sur le contrat via le réseau bosniaque.

A partir de vingt-trois heures, sa consigne était d'attendre sur l'aire d'une station-service, une quinzaine de kilomètres avant le parking d'urgence, prêt à démarrer.

Quand la Saab arriva à sa hauteur, un appel de phares confirma sa présence. Pour que le plan fonctionne le semi-remorque devait rouler moins vite que la voiture le précédant afin de laisser à sa conductrice le temps d'agir.

Arrivée sur le lieu convenu, la voiture fut garée en limite de chaussée.

A cette heure tardive, la route était déserte. Le mari, toujours alcoolisé, dormait sur le siège passager.

Après avoir enfilé ses gants, accroupie à proximité de la voiture, faisant mine de satisfaire un besoin, la CB fut sortie du sac à main pour donner le top final au camionneur.

En retour, vint la confirmation qu'il serait là dans deux minutes.

Le boîtier fut alors lancé dans le champ voisin par-dessus la haie.

Revenue à la voiture, l'épouse ouvrit la portière côté passager, jeta son sac à main sur la banquette arrière, glissa les gants dans la boîte et interpella son mari.

- Chéri, on arrive bientôt. Sors un peu prendre l'air ! Sans réponse, sa femme se fit plus pressante.

- Sors et dis-moi si tu peux reprendre le volant, je suis fatiguée !

Restant sans réaction, elle déboucla sa ceinture de sécurité et le tira par les poignets pour l'extraire de son siège.

Plutôt fluet, tenant à peine sur ses jambes, passant ses bras sous ses aisselles, elle le saisit à bras le corps, face à face.

Puis, dans une sorte de pas de danse macabre, ils contournèrent la voiture pour se placer au milieu de la chaussée. Afin de le laisser dans son état d'hébétude et l'empêcher de contrecarrer le déplacement, elle lui parlait doucement à l'oreille, l'encourageant à faire quelques pas…

Les phares du poids-lourd apparurent à moins de cent cinquante mètres. Elle n'eut que qu'une vingtaine de secondes pour agir.

Dos à la Saab, desserrant son étreinte, son mari fléchit sur ses genoux. Puis, prenant soin que sa tête ne soit pas trop éloignée de la portière, elle l'allongea de tout son long sur le ventre et courut se cacher derrière la voiture.

Le chauffeur ajusta le malheureux, aussi passif qu'un lapin, avec l'avant droit de sa cabine puis, une dizaine de mètres avant l'impact, donna un puissant coup de frein pour laisser sur la chaussée une trace de pneus rendant vraisemblable la thèse d'un accident.

Le semi-remorque stoppé, il descendit de sa cabine. Les roues avant étaient bien passées sur le corps qui se retrouvait sans vie à hauteur du réservoir de gazole, juste avant le second essieu.

Sans même chercher à s'approcher de la conductrice, violemment secouée par la scène, il remonta à bord pour appeler les secours en simulant la panique dans son français hésitant.

Au bout d'un quart d'heure les premiers gyrophares apparaissaient.

Malgré la cohérence des déductions du commissaire, le parquet faisait toujours la sourde oreille. Quel intérêt de relancer l'affaire, au risque d'engendrer des vagues dévastatrices ?

L'opinion publique, travaillée par l'opposition locale, s'était agitée un moment. Mais rien d'inquiétant, la version officielle de l'accident n'était plus remise en cause.

Le Proc' avait de la sympathie pour Tingaud mais son entêtement à douter l'agaçait. Ayant reçu sa nomination de procureur général pour une autre juridiction, il n'entendait pas la compromettre en s'engageant dans une révision à l'issue périlleuse.

Les capacités de nuisance de cette arriviste et les probables appuis qu'elle conservait dans le milieu de la politique locale étaient dissuasifs. « Conjectures, vous n'avancez que des conjectures ! Rien de solide ! Revenez avec un dossier béton et j'aviserai ! ».

Le commissaire lui-même ne souhaitait pas prendre de risques inutiles. Finie l'époque où il bataillait contre les moulins à vents ! La retraite pointait et l'espoir d'être nommé contrôleur général pour ses dernières années de service.

Alors, mieux valait éviter de faire des vagues…

Une année passa… L'affaire était oubliée de tous et s'estompait même dans la mémoire de Tingaud, chahutée par les multiples affaires du quotidien.

Tout se dénoua à la rentrée de janvier 1998 à l'occasion des vœux du Nouvel An du préfet.

Tingaud appréciait ces raouts sous les lambris de la préfecture. Petits fours, champagne, fonctionnaires de tous rangs et leurs épouses qu'il n'hésitait pas à draguer.

Campant devant le buffet depuis une heure, vidant coupe après coupe, il bavardait distraitement avec la femme du secrétaire général de la préfecture, une prof' d'anglais un peu boulotte. Le brouhaha des conversations, la chaleur de la salle et les effets du champagne produisaient leur effet euphorisant.

Le regard tourné vers la porte par où débarquaient les nouveaux arrivants, soudain il blêmit.

La jeune femme à la Saab venait d'apparaître en compagnie d'un homme en complet bleu, tempes grisonnantes, ruban rouge à la boutonnière.

L'aboyeur avait lancé leur nom à la cantonade mais Tingaud n'avait pu l'entendre. De toute évidence c'était un personnage influent car de nombreuses mains se tendirent pour quémander cette marque si prisée de reconnaissance sociale, la poignée de main d'un notable.

Elle aussi l'avait repéré. Rayonnante dans une robe de cocktail en organdi groseille, toujours aussi maîtresse d'elle-même, elle abandonna son cavalier et se dirigea vers lui de façon naturelle. Mal à l'aise, il composa une attitude se voulant tout à la fois engageante et distante.

- Bonsoir, Commissaire ! Cette rencontre est plus agréable que la précédente !
- Vous m'offrez une coupe ?

Ses paroles étaient enjouées. Mais tout, dans son attitude, dans le ton de sa voix, dénotait un profond mépris.

"Tu vois, pauvre petit flic, je suis une trop grosse prise pour toi ! Ne t'avise plus de me poursuivre. Regarde qui me protège ! Tu aurais dû me faire tomber quand j'étais vulnérable. Maintenant, c'est trop tard ! ".

Tout cela, Tingaud l'entendait comme dans un mauvais rêve, en surimpression sur la banalité des phrases convenues. Rarement il s'était senti aussi humilié.

Après avoir bu son champagne, elle prit congé. Sans faire aucun effort pour la retenir, il la regarda s'éloigner. Ses épaules nues ondulaient en se frayant un chemin à travers les invités. Des bribes de souvenirs refaisaient surface : sa première apparition dans son bureau, les images sensuelles s'imposant à son esprit, le parking…

Juste avant de rejoindre l'homme au complet bleu la jeune femme se retourna pour lui faire un signe de connivence.

Il fixa son décolleté…

Et ce fut l'illumination !

*

Cette fois, il la tenait, et ses complices avec !

Ces épaules dénudées comme au lendemain de "l'accident", le bronzage en moins.

Eh ! oui, le bronzage ! Comment n'y avoir pas pensé plus tôt !

La photo, la photo de presse la montrant sur les lieux du drame. Cette photo retravaillée sur ordinateur soulignant la trace blanche de la ceinture de sécurité après les heures passées en plein soleil dans la Saab décapotée !

Or la marque de la ceinture était sur l'épaule droite. Elle était donc passagère et non conductrice !

Sa déposition était mensongère !

Et ce mensonge, consigné par écrit, était en mesure de la confondre !

Un intense sentiment de jubilation l'envahit.

La dernière pièce du puzzle venait de trouver sa place.

Cette femme méprisante et ses complices gravissaient la première marche vers leur procès d'assises…

*

Une semaine plus tard, avec l'accord de sa hiérarchie, Tingaud était reçu par le nouveau procureur.
En prenant connaissance des dossiers laissés par son prédécesseur, celui-ci s'était étonné du classement hâtif de l'affaire de l'industriel X.

Aussi, lorsque Tingaud lui exposa les faits et surtout le détail ayant échappé aux enquêteurs, il n'hésita pas un instant à ouvrir une information judiciaire pour meurtre avec préméditation avec en point de mire son instigatrice. Le dossier fut traité à Mâcon par une équipe d'enquêteurs aguerris.

Coriace, elle ne lâcha pas facilement le morceau mais les dissensions entre le trio et ses déclarations contradictoires finirent par la faire tomber et ses complices avec.

Leurs aveux recoupèrent point par point les hypothèses de Tingaud…

Bravo commissaire !

*

C'était par une journée d'avant-guerre, sur les bords de la Saône, du côté de Tournus. Nous avions choisi, pour déjeuner, un restaurant dont le balcon de planche surplombait la rivière.

…

Le soleil était bon. Son miel tiède baignait les peupliers de l'autre berge, et la plaine jusqu'à l'horizon.

Antoine de Saint Exupéry. *Lettre à un Otage.*

La pêche au silure et autres gros poissons

Albert Tingaud aimait son métier. L'idée de la retraite ne lui souriait guère mais dans sa fonction le couperet tombait à soixante ans. Soixante ans pile !

La date approchant, un point de chute devenait impératif.

Baladé dans plusieurs régions de France au gré de ses affectations, aucune ne le tentait en particulier. Charentais d'origine, depuis la mort de ses parents, les attaches étaient rompues. Jamais marié, sans charge de famille, les locations avaient été son lot.

L'idée même de foyer lui était étrangère…

Alors, où poser son sac, où s'ancrer pour une fin de vie s'annonçant solitaire ?

C'est l'amitié qui lui fit choisir l'endroit où s'achèverait le cycle de ses errances.

*

Deux ans avant sa cessation d'activité le commissaire Tingaud avait été nommé contrôleur général à Mâcon. Un garagiste de la ville ayant été accusé par ses concurrents de trafic de véhicules volés à destination de la Suisse, son intervention avait contribué à le mettre hors de cause après une brève enquête de ses services.

Célibataires tous les deux, amateurs de pêche, ils s'étaient liés d'amitié.

Originaire de *Feillens*, une commune tranquille de l'Ain à proximité de Mâcon, son nouvel ami l'avait invité un week-end pour une partie de pêche sur la Saône. Albert apprécia l'environnement. La commune lui plut, offrant tout à la fois les avantages de la campagne et la proximité de grandes agglomérations, Lyon en particulier.

Grâce à son ami, il dénicha un terrain à l'extérieur du bourg et fit construire une maison.

*

Un an et demi après, la décoration de sa nouvelle résidence l'occupa à plein temps. Un ensemble chaleureux, composé de meubles rustiques, d'une bibliothèque en bois massif et, luxe suprême pour un homme plus habitué aux meublés qu'aux intérieurs *cosy*, une cheminée apte à dévorer des chênes.

A l'aise dans les contacts humains, Albert noua des relations amicales dans la commune, surtout parmi les amateurs de bonne chère. L'achat d'une barque de pêche à fond plat permettant d'inviter des copains contribua aussi à sa popularité.

Côté féminin, entre d'anciennes amies se rappelant à son bon souvenir et une nouvelle, rencontrée sur place, la solitude ne le tourmentait pas.

S'estimant le plus heureux des hommes, Tingaud vécut la première année de sa retraite dans un état de pure béatitude.

Puis, ayant fait le tour des loisirs habituels, soirées de lève-coudes, parties de pêche, balades à vélo, un sentiment de vide s'était peu à peu installé. L'automne avait mal commencé, une méchante grippe, suivie d'une bronchite tenace, un hiver qui traînait…

La déprime classique après l'arrêt brutal de la vie professionnelle.

Le printemps tardait à venir et l'espoir que revienne son dynamisme d'antan.

*

Une bonne nouvelle vint éclaircir sa grisaille. Marandat, sa carrière terminée, s'était installé à *Bourg en Bresse*, à trente kilomètres de chez lui.

Un déjeuner fut décidé.

Tingaud appréciait le charme des guinguettes établies le long de la Saône où l'on déguste des fritures de la Saône arrosées d'un Mâcon blanc. Il se faisait une joie de partager ces moments, tout comme *Saint Exupéry*, bien des années auparavant, avec son ami *Léon Werth* à l'auberge de *Fleurville*.

Le déjeuner tint ses promesses. Les deux compères goûtèrent aux délices de la spécialité et des souvenirs.

L'ancien commissaire, inspiré par le lieu, récita des passages de la *Lettre à un otage* où Saint Ex raconte ce moment de partage et d'amitié.

" Nous étions pleinement en paix, bien insérés à l'abri du désordre... Ce qui nous réjouissait était plus impalpable que la qualité de la lumière... La servante nous servait avec une sorte de gentillesse heureuse, comme si elle eût présidé une fête éternelle... "

Marandat était sous le charme.

" L'essentiel ici, en apparence, n'a été qu'un sourire. Un sourire est souvent l'essentiel. On est payé par un sourire... Et la qualité d'un sourire peut faire que l'on meure..."

Ils firent ensuite une balade le long de la rivière et se promirent de se revoir.

*

Leurs carrières n'avaient pas suivi les mêmes trajectoires.

Tingaud était né en 1941 à *Coulgens*, en Charente, d'un couple de bouchers. Son bac passé au Lycée d'Angoulême, il fut admis à l'Ecole normale d'instituteurs de Poitiers puis nommé pour deux ans à l'école primaire de *La Roche Corbon*, en Indre et Loire.

Appelé sous les drapeaux en 1962 à Sarrebourg, rendu à la vie civile après seize mois de service, un poste de professeur de français dans un collège privé lui permit de préparer une maîtrise de lettres moderne à l'Université de Strasbourg. A vingt-six ans, après deux années de préparation, sa réussite au concours de commissaire à l'école de *Saint Cyr au Mont d'Or* lui ouvrait les portes d'une carrière dans la police.

Jean Marandat, plus jeune, n'avait manifesté ni autant d'ambition, ni connu un parcours aussi brillant. D'origine limougeaude, après son passage sous les drapeaux comme deuxième classe et quantité de petits boulots, titulaire du seul BEPC, il avait tenté sa chance dans l'administration en postulant au concours de gardien de la paix.

Gravissant peu à peu les grades, il avait été nommé major puis officier de police judiciaire.

Leur amitié était née au Creusot. Albert l'avait aidé dans une passe difficile, son divorce.

*

Tingaud fêta sa deuxième année de retraité.
Cette fois, ses marques étaient prises.
Depuis son expérience de prof ' de français, un attachement particulier le liait à la littérature et aux classiques. Ayant besoin d'activité intellectuelle, son mémoire sur *Flaubert* présenté pour l'obtention de sa maîtrise avait été repris et complété dans l'hypothèse, improbable, de le publier.
Ce fut l'occasion de découvrir les nouvelles approches de la critique littéraire. Au début des années soixante, lors de sa maîtrise, le structuralisme dominait la discipline et ses maîtres s'appelaient *Gérard Genette, Roland Barthes*... Puis le structuralisme fut "déconstruit" et l'intertextualité entra en scène et la critique génétique... Bref une mise à jour s'imposait...

*

Pour le week-end de la Toussaint, les deux amis avaient décidé d'aller au brochet sur la *Reyssouze*, un affluent de la Saône. C'est une pêche d'attente. On a le temps de prendre son temps. De causer, de trinquer, de grignoter un quignon de pain et une rondelle de saucisson...
Le rendez-vous était à six heures du matin sur la place du marché de *Pont-de-Vaux*, bourg propret, très en vogue depuis l'extension du tourisme fluvial dans la région. Jean était chargé des nourritures solides, Albert des liquides. À sept heures, ils étaient à poste, matériel déployé. Dès le premier contact, Albert sentit que son copain n'allait pas bien.
Aucun des deux ne comptait sur la prise d'un brochet ou sur la capture, plus improbable encore, d'une carpe. Mais le temps ne semblait jamais long dans la barque. Toujours une ligne à déplacer, un bouchon à surveiller ou un verre à remplir.
Jusqu'au casse-croûte de onze heures, les touches furent rares et sans effets. Jean restait renfrogné mais inutile de le questionner. Quand il se sentirait prêt, il parlerait. Ce fut après le café.

Confus d'évoquer ses problèmes familiaux, Tingaud comprit que c'était à propos de sa fille et, dès les premiers mots, que c'était grave. Claire, une belle plante de dix-neuf printemps, filait un mauvais coton.

L'alerte venait de son ex-femme.

La gamine, car c'en était encore une, avait décidé à sa majorité de s'installer à Lyon. Sans diplômes, sans appuis, elle y vivait depuis plusieurs mois, probablement avec un copain, sans donner de nouvelles.

Enfin, quelques semaines auparavant, sa mère avait reçu un appel.

Installée dans un studio confortable du quartier de la Croix Rousse et gagnant assez bien sa vie, elle laissa entendre que l'on ne devait pas se faire de soucis à son égard. Comme on s'étonnait d'une installation si rapide, Claire expliqua qu'elle s'occupait de personnes âgées.

L'explication parut plausible. Elle se préoccupa juste de savoir si sa fille cotisait bien à la Sécurité Sociale. En guise de réponse, un rire étouffé.

A sa demande pressante elle avait accepté de venir passer un week-end.

Sa mère la trouva changée, à la fois plus sûre d'elle-même et plus irritable, éclatant en sanglots en retrouvant son vieux nounours dans son armoire de jeune fille.

En essayant de comprendre la raison de ses pleurs sa mère fut repoussée de façon brutale. Le soir, en se déshabillant, elle montra des dessous de bonne marque, plutôt *sexy*. Interrogée au petit-déjeuner sur sa nouvelle vie, elle esquiva les questions et finit par quitter la table.

Troublée, Madame Marandat avait appelé son ex-mari pour l'aider à comprendre le comportement de leur fille. Ayant souvent enquêté sur des affaires de prostitution, il s'inquiéta aussitôt de la provenance de ses revenus.

Pensant avoir conservé une bonne relation avec sa fille, il l'invita à Bourg-en-Bresse et tenta à son tour de la faire parler.

La gamine resta de marbre, essayant même, au cours de leur promenade en centre-ville, de se faire offrir une robe de prix.

Son père, perplexe, n'insista pas.

Avant de se quitter, il lui proposa de la revoir à Lyon. Rejet immédiat de la proposition et refus de lui communiquer son adresse, juste son numéro de portable.

*

Ficelle classique des enquêtes, faisant le tour des commerçants du quartier de la Croix Rousse en leur présentant son portrait, le studio fut rapidement localisé rue de Cuire.

Plus inquiétant, des affichettes bien en vue chez les commerçants visités proposaient, " J.F. sérieuse s'occupe de personnes âgées à domicile pour lecture, compagnie, promenades éventuelles" et le numéro était celui du portable de Claire.

La surveillance de ses allées et venues se termina mal. Ayant repéré la présence de son père, elle entra dans une violente colère mais les premières constatations de Marandat n'incitaient pas à l'optimisme.

Des hommes plutôt âgés entraient et sortaient du studio. Ce qui l'avait frappé, c'était le côté "notable" de ses visiteurs. Quatre furent identifiés, à l'évidence des habitués et la durée des visites collait avec le temps d'une passe.

Ne sachant plus comment s'y prendre et connaissant les pratiques coercitives des proxénètes pour conserver leurs proies, il demandait l'aide d'Albert.

Tingaud ne se déroba pas.

Son visage, inconnu de la jeune fille, faciliterait la prise de relais et le recueil de renseignements pour envisager ce qu'il conviendrait d'entreprendre.

*

L'ex-commissaire reprit donc la filature et fit les mêmes constatations que son ami.

Un appel sur le portable de Claire leva les derniers doutes.

Se faisant passer pour un vieux professeur, contrefaisant une voix chevrotante, il lui demanda si elle "faisait la lecture car ses pauvres yeux ne lui permettaient plus de lire ".

Après sa réponse affirmative, la conversation dériva sur la solitude sexuelle des personnes âgées. Pensant avoir affaire à une proie possible, le discours devint plus explicite. Voulait-il connaître ses autres talents de "lectrice" ? Tingaud, écœuré mais ne voulant pas se dévoiler, prétexta l'arrivée d'un visiteur pour mettre fin à la conversation. D'un ton suave elle l'assura "rester à sa disposition"…

N'ayant plus d'hésitation sur les services dispensés par la fille de son ami, Tingaud s'intéressa de plus près à sa clientèle. Là encore les constatations de Marandat se recoupèrent, des personnes âgées, des notables à l'évidence. Claire se rendait aussi à domicile.

Un jour, il sortit une bonne pioche. Filant la jeune fille à une quinzaine de mètres, elle s'arrêta devant la porte d'un immeuble cossu et appuya sur le bouton de l'interphone au moment où il la dépassait. Retournant sur ses pas, Tingaud lut le nom sur la liste.

Coup de chance, nécessaire pour faire avancer les enquêtes, c'était celui de l'ancien procureur d'une ville où il avait été jadis en poste. A l'époque, célibataires l'un et l'autre, s'ennuyant ferme dans leur sous-préfecture, ils organisaient des virées libertines dans la cité voisine.

Quelques jours plus tard, s'arrangeant pour croiser l'ex-proc' au moment où sortait de chez lui, celui-ci le reconnut aussitôt.

- Ah Albert ! Ça fait longtemps, que deviens-tu ?

En vieux renard il répondit avec chaleur à ces effusions et une invitation à déjeuner la semaine suivante dans un bouchon, le restaurant lyonnais typique, fut acceptée avec joie.

A la fin du repas la conversation fila sur la solitude. Sans compagne, l'ex-commissaire, se sentait bien seul. L'autre, se souvenant de sa vie passée, s'étonna, mais ils convinrent qu'il était difficile "d'être et avoir été ".

Alors, son invité lâcha le morceau.

Il ne fit pas mystère de s'offrir depuis deux ans les services sexuels de jeunes filles. La première avait été approchée grâce à une petite annonce placée chez des commerçants. Pas dupe, il avait remarqué qu'elle avait été remplacée par une "copine" au bout de six à huit mois environ. Mais ces filles étaient majeures, du moins le prétendaient-elles, les tarifs corrects et elles ne semblaient pas stressées. Alors…

Le tableau se précisait. Tingaud s'en tint là.

*

Les jours suivants, parcourant les quartiers adjacents, Tingaud découvrit les mêmes affichettes bien en vue avec des numéros de portables différents. Ces indices dévoilaient la probable existence d'un réseau de prostitution "occasionnelle".

Ce type d'organisation criminelle était bien connue des spécialistes de la lutte contre le proxénétisme. Un premier cercle de rabatteurs séduisait des filles plutôt faciles, pas trop encombrées de principes.

" Pourquoi, leur proposaient-ils, te fatiguer à travailler toute la journée. Tu n'as qu'à donner de temps en temps du plaisir à de vieux messieurs et tu seras bien payée et logée ? ".

Celles qui refusaient étaient simplement plaquées par leur "petit copain". Les autres se voyaient installées dans un studio agréable et participaient au recrutement des clients via les affichettes.

Les têtes du réseau donnaient pour consigne de cibler des notables, au moins toute personne ayant une parcelle de pouvoir dans la cité. En agissant ainsi, le risque d'être inquiétés par la police était moindre.

Fonctionnant selon une articulation à double détente, les filles, tout en offrant de faciles satisfactions sexuelles et des revenus réguliers aux petites gouapes qui les régentaient, ne restaient jamais plus d'un an dans ces conditions plutôt *soft*.

La deuxième détente, beaucoup plus *hard*, en faisait basculer certaines, les plus naïves, les plus vulnérables, dans la prostitution d'abattage.

Au bout d'une probation de quelques mois, la phase "d'attendrissement" comme disent les maquereaux, elles étaient vendues à des réseaux contrôlés par les mafias locales. Les méthodes pour les contraindre étaient alors très coercitives.

Le système semblait bien rodé et devait fonctionner sur ce principe depuis des années sans avoir été particulièrement inquiété par les services de répression du grand banditisme.

Claire était dans la période de bascule. D'ailleurs, peu de temps après, une autre voix tout aussi jeune, répondit sur son numéro de portable.

Alertés, ses parents ne purent rien faire. Leur fille étant majeure, n'ayant aucun délit à la clé, sauf à entreprendre une procédure pénale avec constitution de partie civile, les services de police refusèrent de lancer une recherche dans l'intérêt des familles. Pour diverses raisons, Jean et son ex-femme hésitèrent à franchir ce pas.

*

Tingaud conservait des relations parmi ses ex-collègues.

Le divisionnaire du quatrième arrondissement, compétant sur le quartier de La Croix Rousse, le reçut. L'entretien fut cordial. Oui, la brigade criminelle avait bien repéré des individus susceptibles de faire l'objet d'une inculpation pour proxénétisme. Les autorités judiciaires avaient été alertées mais son service avait reçu l'ordre de ne pas bouger. Soupçonnant l'existence d'un réseau plus vaste, le parquet voulait en identifier la tête avant d'agir.

Son collègue se montra ennuyé pour la fille de Marandat mais pria fermement Tingaud de cesser toute investigation privée dans la crainte qu'elle nuise à une action d'envergure.

En sortant, Albert se décerna des félicitations.

Ses hypothèses étaient validées.

*

Pour l'heure, invité chez son ami garagiste, ses préoccupations passèrent au second plan.

A la fin du repas, un sujet excitant l'imagination de tous les pêcheurs de la Saône vint dans la conversation, la pêche au silure.

Mais peut-être ne connaissez-vous pas le silure ?

C'est un poisson monstrueux, quasi mythique. Si vous avez quelques notions des hôtes de nos rivières, c'est un brochet à la puissance dix.

Présent à l'origine dans le Danube, il a peu à peu colonisé les fleuves et rivières de France, dont la Saône. Les plus gros spécimens mesurent deux mètres cinquante pour cent vingt kilos !

Cet énorme poisson-chat, vivant et se reproduisant dans les fosses où le fleuve creuse son lit plus profondément, est une sorte d'aspirateur biologique avalant tout ce qui passe à sa portée.

Pour la Saône, Mâcon est le centre de cette pêche au gros. Une société propose aux amateurs de connaître les mêmes sensations qu'éprouvent les sportifs fortunés pratiquant aux Bahamas celle au marlin ou autres espadons.

Tingaud avait bien pensé se payer une journée à bord de l'un de ces bateaux, mais son copain l'en dissuada. Pour lui, c'était bon pour les gogos.

*

Les semaines passaient. Malgré la mise en garde du divisionnaire, Tingaud poursuivait son enquête. Repéré, son insistante curiosité gênait le réseau. Plusieurs canaux lui adressèrent des menaces toutes en nuances, sans l'émouvoir outre mesure.

Un jour, circulant à vélo sur une petite route des bords de Saône, un véhicule arriva à vive allure dans son dos. Prémonition, sens du danger ou instinct de survie, il jeta son vélo dans le fossé juste au moment où l'on s'apprêtait à le heurter. Simple intimidation ou volonté délibérée de le tuer ? Peu importe ! C'était une fourgonnette immatriculée en région lyonnaise.

Mais Albert n'était pas homme à se laisser impressionner.

D'une part, il s'était engagé vis à vis de Marandat à sortir sa fille de ce mauvais pas et, d'autre part, ayant traqué le crime toute sa vie, c'était chez lui comme une seconde nature.

La chasse reprit donc de plus belle.

*

L'ex-procureur fut recontacté.

Comme la première fois, la rencontre eut lieu autour d'une bonne table. Mis en confiance, l'ancien magistrat se vanta d'avoir constitué autour de lui une sorte de confrérie, à l'image d'une loge maçonnique En appuyant les efforts de politiques favorables à ses idées, ce cercle, encore confidentiel, devait contribuer à restaurer *l'Ordre Moral* dans la région lyonnaise.

Bien entendu, Tingaud, ancien représentant de l'ordre, ne pouvait que souscrire à ce projet de salubrité publique. Albert, rusé, ne le détrompa pas et se montra même enthousiaste.

On lui proposa alors d'être présenté aux membres déjà cooptés.

Tingaud les rencontra à plusieurs reprises dans des restaurants discrets du centre-ville.

Bien qu'il les trouvât particulièrement odieux, il jouait dans leur couleur. Presque tous étaient issus de la magistrature ou du barreau. La moyenne d'âge tournait autour de soixante-quinze ans et leur principal sujet d'intérêt était plutôt la fesse que la restauration de ce qu'ils appelaient pompeusement les "*valeurs éternelles de la France*".

Au cours d'une réunion, la boisson aidant, un convive se laissa aller à une confidence sulfureuse.

De temps en temps, en contrepartie de petits services, "on" lui offrait une très jeune fille. Impossible de se voiler la face, c'était une mineure de moins de quinze ans ! Tingaud fit semblant de saliver sur une telle possibilité et s'enquit des conditions pour en bénéficier lui aussi.

Rendu méfiant par la curiosité insistante de sa nouvelle recrue, l'ex-proc' dévia la conversation.

Mais trop tard ! L'ancien commissaire avait compris que des membres de ce cercle étaient bel et bien liés au réseau dans lequel Claire était tombée.

Quelques semaines plus tard, convié à la remise de la Légion d'Honneur de l'un des affiliés, Tingaud s'y rendit dans l'espoir de mieux cerner le milieu.

Curieusement, à part deux ou trois personnes très âgées, le profil des invités ne collait pas avec celui des habitués du réseau. C'étaient, certes des notables, mais encore en exercice.

Au cours de la réception qui suivit un couple tint à être présenté au « fameux commissaire ».

Le mari était dans l'import-export.

Tingaud ayant évoqué sa passion pour la pêche à la ligne, la conversation était venue sur celle au silure. L'importateur la pratiquait couramment sur la Saône, à bord de son bateau.

Ayant sympathisé et pour lui être agréable, on lui proposa une partie de pêche le week-end suivant.

Le rendez-vous fut fixé *Quai Lamartine*, à Mâcon. Pour le mettre à l'aise on lui précisa : « Vous n'aurez besoin de rien, prenez juste un pyjama et votre brosse à dents »…

*

Remontant la rivière depuis Villefranche sur Saône, le couple accosta à seize heures. Tingaud fut accueilli à bord par le sourire avenant de ses hôtes. On lui demanda juste d'échanger ses mocassins en cuir pour une paire de *Docksides*, ces chaussures aux semelles en caoutchouc blanc, évitant de marquer le sol et antidérapantes sur des ponts mouillés.

L'importateur, fils d'un maçon calabrais, fier de sa réussite sociale, lui fit les honneurs de son luxueux *cabin cruiser*, une unité de 40 pieds, plus de treize mètres de long ! Un condensé sur l'eau de la *Dolce vita* pour *happy few*… Trois cabines, un carré spacieux, des *sun-decks*, — bains de soleil en bon français —…

Installés dans le carré, décontractés, buvant en apéritif la bouteille de Mâcon Village blanc apportée par Tingaud, le couple proposa d'aller dîner dans un restaurant réputé de Tournus, à trois heures de navigation en amont de Mâcon.

Pilotant depuis le pont supérieur, le propriétaire passa la barre à son invité après lui en avoir expliqué les rudiments.

C'était comme sur une voiture, un volant, deux manettes de gaz, des cadrans partout. Albert, tel un gamin prenait plaisir à piloter l'engin et découvrait la rivière d'un tout autre œil que depuis sa barque.

On lui désigna au loin des plongeurs et leur pavillon de signalisation réglementaire installé sur le bateau accompagnateur. C'était un chantier de fouilles archéologiques sous-marines. La conversation porta quelques minutes sur le passé Gallo-romain de la région et l'intérêt de poursuivre sous l'eau le travail débuté à terre.

Arrivés à destination le *cabin cruiser* fut amarré dans le port fluvial de Tournus et tous trois se rendirent à pied au restaurant.

Le repas fut animé et l'ex-commissaire, invité à raconter ses "exploits" dans la police, le fit de bonne grâce. Eux-mêmes restèrent discrets sur leurs activités et leurs opinions politiques.

De retour à bord, la conversation se prolongea dans le carré autour d'une bouteille de champagne.

Tingaud avait l'impression d'avoir tapé dans l'œil de l'épouse, une eurasienne au corps de jeune fille, la quarantaine.

La dernière coupe vidée, ils regagnèrent leurs cabines respectives.

Le lendemain de bonne heure, un moniteur de la pêche au silure monta à bord avec le matériel idoine et prit la barre pour les conduire, en amont de la ville, sur des fosses assez profondes pour en abriter. La pêche fut décevante. Malgré des touches, probablement dues à des brochets ou à de grosses perches, aucun spécimen ne fut remonté à bord.

Vers une heure de l'après-midi, après avoir débarqué le moniteur à Tournus, le bateau redescendit le cours de la Saône vers Mâcon et mouilla sur ancre peu après.

On prit une collation. Le mari, en bermuda coloré, était torse nu, une large chaîne en or autour du cou ; Son épouse en bikini ; Tingaud avait gardé sa chemise sur un pantalon léger en toile.

La journée était superbe. Ciel bleu, pas de vent, une température élevée… Un temps propice au farniente. La collation terminée et le dernier verre de rosé vidé, le mari descendit dans sa cabine pour faire la sieste tandis qu'Albert et l'épouse s'allongeaient côte à côte sur les bains de soleil de la plage arrière.

Tingaud était maintenant certain d'avoir fait une touche.

Ayant dégrafé son soutien-gorge, seins nus à son côté, l'épouse se laissa aller à des confidences. D'origine vietnamienne, son père, un Américain, avait abandonné sa mère encore très jeune.

Peu à peu elle lui fit comprendre qu'il ne lui était pas indifférent. A son tour, il se montra prêt à poursuivre ailleurs ces débuts prometteurs.

Vers cinq heures, la sieste terminée, le mari les rejoignit et proposa un apéritif dans le carré.

Bavardant de choses et d'autres, l'importateur ne paraissait pas gêné que sa femme reste la poitrine découverte. Sous l'effet de l'alcool et du soleil, l'ambiance était euphorique.

Souhaitant arriver à Villefranche avant la nuit, après avoir déposé son hôte à Mâcon, le mari annonça l'appareillage.

*

Remonté au poste de pilotage, le moteur fut démarré et l'ancre relevée.

Serrant à vitesse modérée la rive gauche, le *cabin-cruiser* passait au plus près des bouées balisant le chenal de navigation.

Le pilote semblait chercher quelque chose. La prochaine balise était en vue.

Tingaud était de nouveau allongé aux côtés de la femme. Comme son mari ne pouvait la voir elle s'était rapprochée et l'embrassait. Tout à coup, dévalant la passerelle, il se dressa devant eux, menaçant, un revolver à la main.

- Salaud, tu crois qu'j'ai pas vu ton manège ! Me faire ça, à moi, sur mon bateau ! Saute dans la flotte ou j'te file une bastos !

Le respectable importateur avait abandonné le langage des "gens comme il faut" pour celui des voyous. Croyant à une mauvaise plaisanterie, Tingaud s'était dressé d'un bond et lâché, « Ah ! C'est pour rire ? ».

Non, l'autre ne riait pas et, hors de lui, s'avançait dangereusement.

La femme, paniquée, le supplia d'obéir car son mari était bien capable de « faire un malheur » !

Ayant été confronté durant ses années de service à de semblables situations, l'ex-commissaire s'apprêtait à faire front et à calmer son adversaire par des paroles conciliantes.

Mais, debout sur le matelas mou du bain de soleil, Tingaud se retrouvait en infériorité. Impossible en effet d'avoir le pied aussi assuré que sur un sol ferme et de se montrer déterminé alors qu'en face, le révolver à bout de bras, presque à le toucher, l'autre continuait à lui intimer l'ordre de sauter à l'eau en hurlant des injures.

L'arme, il la connaissait bien, un *Smith & Wesson 44 Magnum* à canon court, celle des truands, facile à dissimuler et toujours prête à faire feu.

Devant cet adversaire aussi inattendu que déterminé, balançant entre le risque d'un coup de crosse ou pire de recevoir une balle dans le ventre, Albert n'hésita pas.

La plage arrière n'ayant pas de rambarde, il tourna les talons, fit un pas en avant et se laissa tomber dans la Saône !

Barbotant en chemise et pantalon, chaussures au pied, il regardait ahuri le bateau s'éloigner. Remonté au poste de pilotage, son propriétaire le conduisait de nouveau tranquillement, comme si rien ne s'était passé.

Excellent nageur, se laissant porter par le courant, Albert se dirigeait en oblique vers la rive quand il eut l'impression qu'un énorme silure nageait sous lui.

Quelques secondes plus tard son pied droit était saisi à la cheville et tiré vers le fond. On essayait de le noyer ! En une fraction de seconde, il comprit qu'un plongeur, tapi sous l'eau, l'agressait.

L'énergie du désespoir lui fit exécuter le mouvement salvateur.

Déjà entrainé sous la surface, à bout de souffle, cassant son corps en tentant d'agripper la main enserrant sa cheville, Tingaud plia les genoux puis d'une formidable ruade atteignit son assaillant au visage en lui arrachant le masque et peut-être l'embout.

Une fois dégagé, l'essentiel fut de rejoindre la rive au plus vite avant que son agresseur ne réagisse.

Bon sang, qu'il avait été c… !

Comment n'avait-il pas flairé le traquenard quand cet industriel trop avenant lui avait proposé cette partie de pêche et comment ne s'était-il pas méfié de cette eurasienne aguichante ayant si bien joué de sa séduction !

Maintenant l'urgence était d'appeler du secours car des complices du plongeur pouvaient se trouver à proximité. Heureusement pour lui, comme à chaque partie de pêche, son portable était dans un étui étanche. Arrivé sur la rive, caché par les grandes herbes, il appela son copain garagiste qui, par chance, se trouvait à moins d'un kilomètre, en visite chez un parent.

*

Ensuite tout alla très vite.

L'agression ayant eu lieu sur la rive côté Ain, les deux amis se rendirent dare-dare à la gendarmerie de Saint Laurent sur Saône, en face de Mâcon. Tingaud étant connu, le commandant de la brigade le reçut en personne. Le récit de l'agression et le rôle probable du couple dans l'organisation d'un réseau de prostitution furent rapprochés de notes confidentielles reçues au sujet d'une opération programmée de lutte anti-proxénétisme.

Le SRPJ de Lyon fut immédiatement informé de cette action criminelle afin que les têtes de réseau, se voyant démasquées, ne s'évaporent pas dans la nature.

Le couple fut interpellé dès son appontage à Villefranche et le coup de filet, déjà planifié, démarra sur les chapeaux de roues.

*

Plusieurs proxénètes du réseau lyonnais étant déjà "logés", les enquêteurs multiplièrent les gardes à vue et obtinrent vite la preuve que l'importateur était le patron du réseau.

Pour réduire sa culpabilité, l'un des gardés à vue indiqua le lieu où Claire avait été envoyée "travailler", une pseudo "auberge" de la région Grenobloise.

Marandat partit aussitôt chercher sa fille et arriva peu après l'interpellation du patron du lieu.

C'était un zombie.

Remerciant son père de l'avoir tirée de ce sale pétrin, elle raconta.

Son récit n'avait rien d'original.

Fascinée par la petite frappe qui l'avait séduite, quand il lui avait demandé de "l'aider", ne percevant pas le piège, elle avait accepté sans rechigner, trouvant même amusant de transgresser les lois de la morale tout en menant une vie plutôt agréable.

Bien sûr, le sexe avec ces vieux était une corvée fastidieuse mais vite oubliée entre les bras de son amant de cœur.

Prenant peu à peu conscience de n'avoir été qu'une marionnette entre ses mains, elle fut encore plus surprise d'apprendre qu'il en était lui-même une autre dont les fils étaient tirés ailleurs.

Décidément, Albert avait bien du mal à sortir de cet univers glauque dans lequel il avait tant baigné.

Enfin, restaient la pêche et la littérature…

*

Epilogue

Le lendemain du coup de filet, la gendarmerie de l'Ain dépêcha une équipe de plongeurs pour explorer la Saône dans la zone de l'agression sous-marine.

Un corps fut découvert par trois mètres de fond, à proximité de la balise, bloqué contre une souche par le courant. Vêtu d'une combinaison de plongée en néoprène noire avec deux ceintures de plomb autour de la taille, le noyé tenait dans la main gauche un bout de corde terminée par un nœud coulant.

Son autopsie montra que la noyade avait été provoquée par l'arrêt des fonctions respiratoires, consécutif à la rupture des vertèbres cervicales. Le puissant coup de pied de Tingaud, renforcé par la semelle antidérapante de sa *Docksides,* ayant été appliqué sur son front, sa nuque avait été brisée sous l'effet de bascule imprimé à sa tête.

Après bien des tâtonnements les gendarmes reconstituèrent le scénario de l'attaque.

Amené en camionnette par un complice, une fois la confirmation de l'arrivée imminente du bateau reçue par CB, l'agresseur s'était mis à l'eau avec ses bouteilles.

Immobile entre deux eaux à proximité de la bouée désignée d'avance, le bruit d'une hélice se rapprochant et le plouf caractéristique du corps lui permirent d'être rapidement en position d'attaque malgré l'eau trouble.

L'utilisation de la double ceinture s'expliquait ainsi.

Un plongeur, selon l'épaisseur de sa combinaison, leste son corps avec plus ou moins de plomb pour demeurer en équilibre hydrostatique.

Sa dépense d'énergie dans ses déplacements en est amoindrie mais c'est un ludion sans inertie, incapable d'appliquer une traction ou une poussée efficace sur un autre corps.

Ce poids supplémentaire lui procurait l'appui nécessaire pour déstabiliser le nageur et le tirer vers le fond. Mais une autre fonction lui était assigné.

Après avoir saisi la cheville de sa proie, le nœud coulant devait être passé autour de l'autre jambe. Accroché à la deuxième ceinture celle-ci, une fois débouclée et libérée, lestait alors le nageur d'un poids mortel. Ainsi, la sale besogne s'accomplissait sans que l'agresseur n'ait à se coltiner avec un homme se débattant.

Une fois certain que sa victime était bien morte, le nœud coulant aurait été retiré, laissant le corps dériver dans le courant entre deux eaux, accréditant la version d'une noyade accidentelle.

L'ensemble de la séquence depuis le moment où l'ex-commissaire tombait à l'eau et la confirmation de sa mort ne devait pas excéder douze minutes.

Le complice rapidement rejoint, l'importateur aurait été prévenu de la réussite de l'opération.

Le plan prévoyait qu'il appelle aussitôt les secours pour signaler la disparation de son passager, tombé accidentellement dans l'eau.

Rien ne s'étant passé comme prévu, ce plan très élaboré s'était retourné contre ses auteurs…

Par ailleurs, en rapprochant le mode opératoire de cette agression sous-marine à d'autres cas non élucidés de noyades suspectes, le SRPJ put les imputer au même individu, bien connu de leurs services.

*

Thirsis il faut penser à faire la retraite
La course de nos jours est plus qu'à demi faite
L'âge insensiblement nous conduit à la mort
Nous avons vu assez sur la mer de ce monde
Errer au gré des flots notre nef vagabonde
Il est temps de jouir des délices du port.

Honorat de Bueil, seigneur de RACAN
1589 - 1670

Et vivre par procuration
ce qu'il n'est plus possible
de vivre dans la vraie vie…
JPM

Une bien tardive Éducation sentimentale

Cinq ans déjà qu'Albert est à la retraite.

A soixante-cinq ans, cet homme vigoureux tient une forme de jeune homme, entretenue par de saines activités physiques.

Côté intellectuel, toujours disponible pour une nouvelle expérience, une occasion unique s'offrit à lui.

La proviseure du *Lycée du Parc* à Lyon, une ancienne amie connue il y a bien longtemps à Strasbourg, créait un atelier littéraire à l'intention des classes préparatoires des sections lettres.

Trois auteurs dont Flaubert étaient au programme.

Se souvenant d'avoir lu son mémoire de maîtrise consacré aux sources de la création flaubertienne, elle lui proposa d'animer trois interventions d'une heure et demie sur ce thème.

Bien qu'il eût déjà donné des causeries devant des associations culturelles, l'ex-commissaire hésitait à affronter un public aussi avisé. Ses réticences tombèrent lorsqu'on lui précisa que l'objectif était moins d'assurer des commentaires philologiques pointus que d'offrir une approche holistique de l'œuvre.

C'est ainsi qu'Albert Tingaud, ancien flic, se prépara à faire partager à un public éclairé une œuvre qu'il chérissait entre toutes.

*

Les séances avaient lieu le mercredi après-midi dans une salle mise à disposition par le lycée, en libre participation, sans liste de présence à signer.

L'assistance, des élèves préparant le concours d'entrée à l'Ecole Normale Supérieure. Les *hypokhâgnes* et les *khâgnes*, comme ils se désignent eux-mêmes. Quelques terminales, motivées, avaient été admises.

Ses exposés inauguraient le cycle annuel.

*

Peu de temps après la rentrée d'octobre, l'ex-commissaire se retrouva donc dans un cadre familier. Ce n'était pas une classe au sens habituel mais une vingtaine de garçons et de filles motivés, préparant un concours difficile.

La proviseure le présenta avant de s'éclipser.

Certains s'étonnèrent *mezzo-voce* qu'un ancien flic se pique de parler littérature, mais, dans l'ensemble, l'assistance était bien disposée.

Tingaud exposa sa problématique.

Une œuvre est un tout. Peut-être que plus que toute autre, celle de Flaubert en est l'illustration. On la réduit en disséquant chaque pièce sans la relier au vécu de l'auteur. L'approche holistique examinant l'œuvre et l'homme dans leur complexe relation s'impose donc.

Ainsi, l'atelier s'efforcerait d'exposer comment Flaubert s'était livré, tout au long de sa production, à des opérations de "recyclage" ; comment son œuvre s'était nourrie d'émotions, de situations, de faits enregistrés dès l'adolescence ; comment de nombreux ressorts de sa production puisaient leur origine dans les voyages accomplis avec son ami *Maxime Du Camp*, en France d'abord, puis en Égypte. Qu'il s'agisse de *Madame Bovary*, de *L'Education sentimentale*, de *Salammbô*, partout se dessine la trace de ces voyages initiatiques.

Voulant évaluer le degré de familiarité des participants avec l'œuvre, quelques questions furent lancées. C'était maladroit. Face à ce retour au cadre scolaire des visages se renfrognèrent.

*

Comprenant sa bévue, Albert se reprit et rappela la jeunesse de Flaubert, sa naissance à Rouen en décembre 1821, son obsession précoce de l'écriture, ses études de droit avortées à Paris, les dix mille feuillets déjà noircis avant d'entreprendre son *grand œuvre* d'écrivain, sa prodigieuse érudition, ses premiers voyages avec son ami Maxime Du Camp…

C'est d'ailleurs par un texte peu étudié, *Par les champs et par les grèves,* récit de leur randonnée commune en Bretagne durant l'été 1847, que débuta la séance.

En parcourant les landes et les villages à pied, Gustave et Maxime, à vingt-six et vingt-cinq ans, étaient plus proches de *Jack Kerouac* et de *Neal Cassady* que des *Frères Goncourt*, leurs contemporains.

En faisant de Gustave et de son inséparable Maxime, deux routards avant la lettre, l'ex-commissaire accrocha d'emblée l'attention de son jeune public.

"Plus légers que le matin, nous sautions, nous courions sans fatigue, sans obstacle, une verve de corps nous emportait malgré nous et nous éprouvions dans les muscles des espèces de tressaillements d'une volupté robuste et singulière."

Ses auditeurs convinrent qu'un tel discours sur la liberté des sens tranchait avec la frilosité Louis-Philipparde de l'époque. Il cita un autre passage

"Nous secouions nos têtes au vent, et nous avions du plaisir à toucher les herbes avec nos mains. Nous nous roulions l'esprit dans la profusion de ces splendeurs, nous en repaissions nos yeux ; nous en écartions les narines, nous en ouvrions les oreilles…"

Certains firent même remarquer que les deux compères étaient plus "écologistes" que nos modernes écologistes !

" A force de nous en pénétrer, d'y entrer, nous devenions nature aussi, nous sentions qu'elle gagnait sur nous et en avions une joie démesurée ; nous aurions voulu nous y perdre, être pris par elle ou l'emporter en nous."

Bien en phase avec l'esprit de l'atelier, Tingaud enchaîna sur le *Voyage en Égypte*. Ce texte, mineur en apparence, sera l'occasion de montrer par l'exemple, sans développer la théorie académique sous-jacente, le mécanisme d'intertextualité dans l'œuvre du maître.

Ses auditeurs, comme lui à leur âge, l'imaginaient sous les traits d'un patriarche des lettres. Normal, les portraits reproduits dans les manuels scolaires étant ceux de sa fin de vie, yeux et joues fatigués, regard désabusé.

Difficile dans ces conditions de se représenter Gustave s'embarquant pour Alexandrie en octobre 1849 sous les traits d'un gaillard de vingt-huit ans, un Viking de haute stature aux yeux clairs, à la sensualité impétueuse.

A son retour d'Orient, en juin 1951, ayant hâte d'entreprendre *Madame Bovary*, l'ouvrage qui lui apportera la gloire littéraire, le futur *Ermite de Croisset* mit au propre ses notes de voyages.

Ce récit, rédigé sans souci de style, ne fut publié qu'après sa mort, en 1881, par sa nièce Caroline. Ayant un besoin pressant d'argent, celle-ci avait expurgé le manuscrit de son oncle de toutes notations scabreuses, ne conservant que les passages "couleur locale".

Mais Tingaud, disposant du texte original du *Voyage* restitué dans son intégrale verdeur par *Pierre-Marc de Biasi*, un éminent flaubertien, dévoila les manipulations de Caroline.

L'épisode se situe juste avant le grand départ pour l'Egypte.

Les deux compères fêtent dans un bordel parisien leur adieu à la France.

Version de Caroline :

" X était étonné que j'allasse en Orient et me demandait pourquoi je ne préférais pas rester à Paris à voir jouer Molière et à étudier André Chénier… [Le poète avait enflammé l'imagination de plusieurs générations en publiant le récit de son voyage en Orient]…

… et le texte rétabli :

" X était étonné que j'allasse en Orient et me demandait pourquoi je ne préférais pas rester à Paris à voir jouer Molière et à étudier André Chénier… Ce même soir… j'allai chez la mère Guérin [Un bordel du quartier du Palais Royal] et y fis passablement d'ordures avec deux garces nommées Antonia et Victorine. "

Ainsi, l'homme se dévoilait derrière l'écrivain statufié.

Ensuite, l'Égypte rejointe, la visite à la courtisane *Kuchiouk-Hânem* à l'escale d'Assouan, révéla un autre épisode du tourisme sexuel pratiqué par les jeunes voyageurs. C'était aussi l'un des plus censurés par Caroline.

Tingaud prit son temps pour montrer combien cette scène représentait le point culminant d'un itinéraire initiatique. Non sur le plan sexuel car Gustave, comme bien des hommes de son époque, familier des maisons closes et des courtisanes, ne découvrit rien de nouveau dans la possession de la danseuse prostituée. Mais quelque chose de plus subtil, un lien amoureux indéfectible noué avec l'Orient.

Cette nuit l'inspirera en effet bien au-delà de la simple anecdote sexuelle.

" *Kuchiouk-Hanem* est une grande et splendide créature… ses yeux sont noirs et démesurés, ses sourcils noirs… ses narines fendues… larges épaules solides, seins abondants, pomme… Ses cheveux noirs, frisant, séparés en bandeaux par une raie… tresses allant se rattacher sur la nuque. "

A l'époque, les orientales représentaient pour les occidentaux le sommet de l'érotisme et Caroline comptait sur ces descriptions pour aguicher un lectorat masculin.

" Elle venait de sortir du bain—sa gorge dure sentait frais… elle a commencé par nous parfumer les mains avec de l'eau de rose. "

Mais la suite de la visite, où l'appétit sexuel de son oncle se dévoile sans fard, avait été caviardée.

" Elle nous a demandé si nous voulions nous amuser. Maxime a d'abord demandé à s'amuser seul … après M. Du Camp ç'a été M. Flaubert. "

On ne saurait être plus explicite. Flaubert était un fameux luron !

*

Peu à peu les visages, les attitudes et les attentes des élèves se précisaient. Ceux ayant douté qu'un ex-flic pût leur apporter quelque lumière sur Flaubert, révisaient leur jugement et ses commentaires étaient pris au sérieux.

D'autant plus que dans ces concours les places se jouant parfois au dixième de point, toute idée originale, tout détail peu connu étaient notés.

Albert avait repéré des sujets avec lesquels il aurait volontiers poursuivi l'échange.

Notamment une jeune fille. Une brune aux yeux d'un noir profond, les cheveux coupés courts. Très attentive, elle le fixait intensément. Se sentant mal à l'aise, il évita son regard.

La fin de l'atelier le laissa perplexe car les participants quittèrent la salle comme pour un cours habituel, sans un mot, sans une question. Craignaient-ils de manifester trop d'intérêt envers le prof et passer pour des "fayots" ? Il ne sut qu'en penser.

*

Sa deuxième intervention, se fiant à sa facilité d'improvisation pour maintenir son auditoire sous le charme de Flaubert, fut moins bien préparée.

Malgré quelques défections, les présents se montraient toujours motivés. La brune aux yeux noirs était encore là, dans les places du fond.

Au programme de l'après-midi, deux monuments : *Madame Bovary* et l'*Education sentimentale*.

A travers un extrait de sa correspondance avec Louise Colet, sa maîtresse de l'époque, Tingaud souligna l'énorme travail d'écriture accompli par Flaubert en 1852 pour obtenir, dès son premier roman, un style fluide, reconnaissable entre tous :

> "J'en conçois pourtant un, moi, un style : un style qui sera beau, que quelqu'un fera … dans dix ans, ou dans dix siècles, et qui serait rythmé comme le vers, précis comme le langage des sciences, et avec des ondulations, des ronflements de violoncelle, des aigrettes de feux, un style qui vous entrerait dans l'idée comme un coup de stylet, et où votre pensée enfin voguerait sur des surfaces lisses, comme lorsqu'on file dans un canot avec un bon vent arrière."

La jeune fille prit la parole.

- Vous-même, Monsieur, écrivez-vous ?

Surpris par l'apostrophe, Tingaud bredouilla une réponse négative. Pour faire rire à ses dépens il aurait pu répliquer, « oui, des rapports de police ! » mais s'abstint, conscient de son manque d'esprit de répartie.

Cette interruption lui permit de placer un développement sur la phrase, "argile pétrissable à l'infini".

Pour Flaubert, un texte peut et doit être sans cesse remis sur le métier afin d'aboutir, selon le commentaire de Tingaud, à la transparence d'un "pur cristal", *Graal* de toute production littéraire.

La jeune fille intervint de nouveau. Cette fois, il lui demanda son prénom. Ada, *Ada Fenoglio*, précisa-t-elle.

- Tous les styles ne sont pas de *purs cristaux*. Certains sont à la limite du barbarisme ou du solécisme. Pourtant ils font mouche. Les manuels les citent en exemple !

Elle s'était exprimée avec une légère agressivité dans la voix.

Tout à son sujet, de nouveau déstabilisé par la question, en vieux filou il répliqua :

- A qui pensez-vous ?

La réponse fusa.

- A Céline !

Tingaud la regarda plus attentivement. Avec cette assurance, elle devait être en khâgne. Abondant dans son sens, il s'autorisa une digression sur le style célinien puis enchaîna sur l'*Education sentimentale*.

L'œuvre fut replacée dans le contexte historique de la révolution de 1848. Vint ensuite le jeu des correspondances entre les épisodes de la vie de Gustave et les scènes les plus fameuses du roman. Les intertextes abondent. Ainsi, la première rencontre du héros, *Frédéric Moreau*, avec *Madame Arnoux*, son futur *impossible amour*.

C'était à l'époque du voyage en Orient, lorsque les deux amis rejoignaient Marseille avant d'embarquer pour Alexandrie.

En 1841, le trajet nécessitait au moins quatre jours et plusieurs moyens de transport : diligences, chemin de fer et même liaison fluviale... L'épisode avait eu lieu durant le trajet Chalon-sur-Saône Lyon, via un service de messageries par bateau à vapeur :

" Parmi les passagers du bateau de la Saône nous avons regardé avec attention une jeune et svelte créature qui portait sur sa capote de paille d'Italie un long voile vert. Sous son caraco de soie elle avait une petite redingote d'homme à collet de velours avec des poches sur les côtés....

Boutonnée sur la poitrine... cela lui serrait au corps, en lui dessinant les hanches et de là s'en allaient ensuite les plis nombreux de sa robe qui remuaient contre ses genoux quand soufflait le vent. "

Tingaud lut alors le passage de *l'Éducation* où *Frédéric* découvre *Marie Arnoux* pour la première fois sur le pont du coche d'eau reliant Paris à *Montereau sur Yonne*...

" Ce fut comme une apparition.

Elle était assise, au milieu du banc, toute seule ; ou du moins il ne distingua personne dans l'éblouissement que lui envoyèrent ses yeux. En même temps qu'il passait, elle leva la tête... et quand il se fut mis plus loin... il la regarda.

Elle avait un large chapeau de paille avec des rubans roses qui palpitaient au vent derrière elle. Ses bandeaux noirs, contournant la pointe de ses grands sourcils, descendaient très bas et semblaient presser amoureusement l'ovale de sa figure. Sa robe de mousseline claire, tachetée de petits pois, se répandait à plis nombreux. "

Puis...

" Elle était en train de broder quelque chose... toute sa personne se découpait sur le fond de l'air bleu... Jamais il n'avait vu cette splendeur de peau brune, la séduction de sa taille, ni cette finesse des doigts que la lumière traversait. "

Cette scène d'apparition fut confrontée à celle de *Kouchiouk-Hanen* :

" Sur l'escalier, en face de nous, la lumière l'entourant, et se détachant sur le fond bleu du ciel, une femme debout, en pantalons roses, n'ayant autour du torse qu'une gaze d'un violet foncé. "

La tonalité générale du récit et la reprise décor sur fond bleu justifient la correspondance. Autre réminiscence utilisée par Flaubert, tirée de l'épisode de la Saône :

" Elle… se tenait la plupart du temps appuyée sur le bastingage à regarder les rives. "

… et sa transposition dans la même scène de l'Éducation :

" Des deux côtés de la rivière, des bois s'inclinaient jusqu'au bord de l'eau… un courant d'air frais passait ; Madame Arnoux regarda au loin d'une manière vague… elle remua les paupières plusieurs fois comme si elle sortait d'un songe. "

Avec ce dernier exemple Tingaud mit fin aux correspondances et interrogea l'assistance sur la structure de l'œuvre.

Ada, d'une belle voix grave, suggéra une piste.

- Flaubert reproduit la trame classique des amours impossibles, inaugurée par *La Princesse de Clèves*.

La justesse de la remarque fut admise, avec une réserve. Madame Arnoux n'avait jamais avoué à son mari son amour pour Frédéric.

Celle la plus souvent notée, imbrique le récit de l'échec sentimental du héros, *Frédéric Moreau* et celui de la Révolution de 1848. Car en fait "d'éducation sentimentale", il s'agit d'un monumental ratage.

La distanciation que Flaubert maintient de bout en bout avec son héros renforce ce sentiment de gâchis.

*

Tingaud était satisfait. Tout en restant studieuse, l'ambiance était bon enfant et les remarques pertinentes mais ces jeunes gens ayant tendance à s'identifier aux situations, leur enthousiasme devait parfois être tempéré.

Ainsi Ada, réagissant au sort de *Mme Arnoux*, acceptait mal que l'on rate à ce point sa vie sentimentale.

Tingaud lui fit remarquer que la critique littéraire excluait de se mettre dans la peau des personnages. L'œuvre devait être abordée d'un point de vue distant.

Vexée d'être ainsi reprise devant ses camarades, Ada resta après la fin de la séance, bien décidée à en découdre avec l'intervenant à propos de sa conception réductionniste du style.

Véhémente dans son argumentation, maîtrisant ses sources, la jeune fille confirma qu'elle était en khâgne et préparait le concours de Normale Sup'.

Flatté de l'intérêt qu'on lui manifestait, Albert s'appuya sans façon sur le bord d'une table et l'invita à en faire autant. Ils se faisaient face.

L'échange se prolongea au-delà d'une simple remarque. Il y eut plus d'une question et plus d'une réponse.

Ils se regardèrent les yeux dans les yeux.

Tingaud, décodant parfaitement les signaux de ces *muets messagers*, ressentit comme une attente.

Perturbé, incrédule à l'idée qu'une jeune fille put le désirer, il mit fin à l'entretien, se contentant de rappeler les ouvrages abordés à la prochaine séance.

Ada se leva sans manifester la moindre frustration, le remercia et quitta la salle.

L'après-midi avait été chaude. Elle portait un débardeur en coton blanc avec un iris stylisé mauve et orange dans le dos. En jean, chaussée de sandales en toile, sa démarche souple et nonchalante avait quelque chose d'animal, de félin.

Dans l'encadrement de la porte sa silhouette nimbée du soleil d'automne reproduisit dans le cerveau de Tingaud, en inversant le sens du déplacement, l'apparition de *Kouchiouk-Hanen*.

Conservant cette image en mémoire il rentra chez lui tout pensif.

*

Pour le dernier atelier, faisant l'impasse sur *Bouvard et Pécuchet* et sur les *Trois Contes*, la séance fut consacrée aux deux pièces atypiques de la production flaubertienne, *La tentation de Saint Antoine* et *Salammbô*.

Là encore Tingaud montra que la genèse de l'œuvre était à chercher dans une réminiscence de voyage, celui qu'accomplit Flaubert en 1845 (deux ans avant *Par les champs et par les grèves*) à Gênes, en Italie où il découvrit le tableau éponyme de *Breughel le Jeune*.

La complexité de la composition de cette œuvre, sa genèse laborieuse — deux versions préalables en 1849 et 1856 avant la publication définitive de 1874 —, le côté hermétique des hérésies évoquées, l'abondance de termes rares ou abscons, tout semble propre à décourager le lecteur.

Dès son adolescence Gustave s'était imposé des défis littéraires et *La Tentation*, l'un de ses tous premiers, produisit finalement un texte d'une densité d'images et d'érudition incomparable.

Plusieurs formes se mélangent, roman, poème et mise en scène théâtrale.

Il cita des passages dont celui-ci :

> « " Barbelo est le prince du huitième ciel. Ialdabaoth a fait les anges, la terre et les six cieux au-dessous de lui. Il a la forme d'un âne. " Antoine rejette le livre avec fureur.
> Les Gnostiques. Se resserrent autour de lui, en disant : pourquoi ?
> Recommence ! Tu n'as pas compris.
> Les Valentiniens. Traçant avec leur doigt des chiffres sur le sable.
> Regarde les trois cent soixante-cinq cieux correspondant aux membres du corps...
> Antoine. Fermant les yeux. Je ne veux pas les connaître. »

Les présents convinrent qu'une telle littérature ne peut s'aborder sans un dictionnaire à portée de main et une solide culture théologique !

Une élève de terminale, passionnée de théâtre, imaginait le parti que pourrait en tirer un metteur en scène de génie. Maintenant, l'atelier abordait *Salammbô*.

Pour Tingaud la difficulté était de faire ressentir en peu de temps, la symétrie entre les deux œuvres. En effet, rares sont celles d'où la symétrie est absente. Symétrie à l'intérieur d'une même pièce ou entre deux opus. Entre *Salammbô* et *La Tentation*, l'opposition réside dans la dualité sensualité/spiritualité. Entre la violence bien réelle des scènes liées à la lutte et à la mise à mort des mercenaires et les tourments fantasmés de l'ermite du désert.

L'auditoire fut invité à être attentif à ce point puis l'intervenant enchaîna en citant le fameux *incipit* :

« C'était à Mégara, faubourg de Carthage, dans les jardins d'Hamilcar »…

En le prononçant de nombreuses voix l'accompagnèrent, preuve de sa célébrité.

Dans sa correspondance Flaubert avait abondamment exposé ses préoccupations documentaires et son acharnement à produire une fiction antique dont chaque détail sonne juste.

" Depuis que la littérature existe, on n'a pas entrepris quelque chose d'aussi insensé. C'est une œuvre hérissée de difficultés. "

Emporté par le lyrisme du texte, Tingaud fut brillant. Bien vite son discours se mua en un éblouissant tête à tête avec Ada. Ayant le texte sous les yeux, celle-ci le précéda à plusieurs reprises dans la citation de passages représentatifs.

L'assistance n'existait plus. Un dialogue amoureux s'installa.
Ils n'avaient d'yeux que l'un pour l'autre.
En commentant la fin de Salammbô, une scène étonnante se joua.
Salammbô, la vierge consacrée à Tanit, déesse protectrice de Carthage, doit reprendre le voile sacré, le *Zaïmph*, dérobé par Mathô, le mercenaire révolté. La vierge sacrée réussira en se donnant à lui et en mourra.
Pour donner plus de relief à ce mortel sacrifice, Tingaud cita le titre du recueil de poésies de *Cesar Pavese*, "*La mort viendra…*".

Sans hésiter, en le fixant intensément, Ada compléta la citation en italien, " *e avrà i tuoi occhi* " —et elle aura tes yeux—.

Une bouffée d'émotion le submergea.

Cachant difficilement son trouble, les larmes lui vinrent aux yeux.

Une gêne s'installa parmi l'assistance. Albert termina l'atelier comme un somnambule, oubliant même de remercier les présents pour leur participation.

*

Il était cinq heures. D'un commun accord, ils optèrent pour un salon de thé proche du Lycée.

Assis face à face à une petite table Tingaud l'écoutait avec ravissement évoquer *Scott Fitzgerald* et *Carl Joris Huysmans*, les auteurs au programme du second et du troisième trimestre. Faute d'avoir fréquenté les prépas littéraires, Albert ne se doutait pas de l'étendue du programme ingurgité en deux ans.

Au bout d'une heure un ange passa. Après un long regard silencieux, il lui prit la main par-dessus la table. Leurs doigts se croisèrent. Elle les serra très fort. Ils se penchèrent à la rencontre l'un de l'autre. Leurs lèvres se joignirent.

Tout était dit. Le pacte était scellé. Ils seraient amants.

Il paya. Ils sortirent.

Debout sur le trottoir, enlacés l'un à l'autre dans une longue étreinte, ils explorèrent en quelques brèves minutes un océan d'émotions.

*

Ada habitait chez sa mère, veuve d'un baryton italien et gérante d'une maison d'édition.

A vingt ans, menant sa vie sentimentale comme elle l'entendait, Albert reçut la promesse de sa visite à Feillens, le samedi suivant, malgré sa charge de travail.

*

Le rendez-vous était fixé à vingt heures.

Dans l'heure précédente, fébrile, il reprenait sans cesse l'ordonnance du décor. Le seau à champagne sur la table basse, à côté du canapé. Le bouquet de roses blanches en signe de bienvenue. Le feu dans la cheminée…

Vingt heures quinze… Vingt heures trente… Aucun appel sur le portable. Plus le temps passait, plus Albert se persuadait qu'Ada venait à reculons ou pire, qu'elle annulerait.

Enfin, à vingt et une heures, le coup de sonnette tant attendu.

Le brouillard, fréquent en novembre, l'avait retardée.

La porte franchie, ils s'enlacèrent comme la première fois. Ses inquiétudes s'envolèrent.

Une fois débarrassée de son écharpe et de son manteau, ils firent le tour du propriétaire.

Évoluant dans un tout autre univers, la jeune fille ne dit mot.

A son absence de commentaires il comprit combien sa déco devait lui paraître banale.

Installés sur le canapé, ne sachant comment se tenir, ni quelle attitude adopter, une gêne s'installa.

Afin de la dissiper, Albert se leva, servit le champagne et porta un toast à sa réussite aux concours.

Les phrases échangées, banales, ne reflétaient plus la brillance de leurs conversations précédentes.

En fait, une question le préoccupait.

Quand et comment accomplir le geste qui les mèneraient au lit ?

Avec Ada, timide comme un jeune homme, Albert ne savait comment s'y prendre.

Après le dessert et une dernière coupe de champagne, ils se rapprochèrent à nouveau.

Cette fois, debout devant le feu, il l'embrassa et commença à la déshabiller.

Portant une robe noire toute simple, tenue par de fines bretelles, Ada se laissait faire…

Pensant trouver la fermeture dans le dos, ses mains partirent en exploration. En vain. Il se sentit bête.

Elle sourit. La clef était sur le côté. Après l'avoir ouverte, ses bretelles abaissées, la robe tomba sur le parquet.

Émerveillé, Albert contemplait le corps de la jeune fille, sa poitrine menue, ses hanches de garçon, la fleur tatouée sur l'épaule gauche.

Elle le désirait, c'était manifeste.

Lui-même restait habillé.

Toujours debout, elle déboutonna sa chemise et dégrafa son pantalon.

Mais plus le déshabillage avançait, plus Albert sentait venir la méchante panne, celle faisant de l'homme le plus viril un garçonnet pré-pubère. Même les caresses ne purent réveiller son ardeur.

Ada accepta la situation sans émoi et se laissa conduire dans la chambre. Là, au creux du lit, il gardait une chance de retrouver sa virilité.

Mais, vaincu, il renonça. Elle sut le rassurer sans accentuer sa gêne.

Ils causèrent. Le sommeil vint. La nuit fut paisible.

Le lendemain au petit matin, ils s'enlacèrent et se connurent.

Ce fut, pour ce presque septuagénaire, comme plonger dans une source de jouvence, chaude et parfumée. Une volupté suprême…

Ce corps juvénile, souple, autant de sensations dont le souvenir s'était perdu.

Certes, étant jeune, Albert avait connu des jeunes filles mais ces vingt dernières années ses amies furent surtout des femmes de son âge.

La matinée fut paresseuse.

Albert l'appelait sa passiflore, sa fleur de passion. Une passion bien tardive pensait-il en lui-même.

Ils s'amusaient comme des enfants. Ada lança, mi-sérieuse, mi-amusée :

- Mon père se moquait souvent de moi mais, comme il sifflait tout le temps, je l'appelais persifleur…

Ils éclatèrent de rire.

Le questionnant sur son enfance, apprenant qu'il était né en Charente, elle lança cette curieuse apostrophe, « Ah ! Monsieur est charentais ! ".

« Non, flaubertien ! » répliqua-t-il avec un sens de la répartie qui le surprit...

Ils petit déjeunèrent à une heure de l'après-midi, déjà aussi intimes qu'un vieux couple.

C'étaient deux amants, ravis de leur fraîche complicité, étrangers à toute idée de différence d'âge.

Puis ils partirent pour une longe balade à pied, toujours émerveillés par leur mutuelle découverte.

Ada resta jusqu'au lundi matin

*

Albert, une fois seul, ressentit une intense jubilation.

Malgré cette allégresse, il n'était pas dupe. Un gouffre les séparait. Mais à quoi bon envisager l'avenir, mieux valait prendre sans retenue ce que le présent lui offrait.

A l'heure du thé il lui écrivit un poème et le posta sur Internet.

Passiflore
Je ne devrais pas...
Il n'est pas bon pour un vieux cœur
De remettre ses émois dans les mains d'une jeune fille...
Cette vieille machine usée par tant d'emballements
Réclame des ménagements
A quoi bon la brusquer
A quoi bon lui infliger un retour de flamme
N'est-il pas temps pour elle de prendre sa retraite...
Tais-toi et marche
Répondit son palpitant !

La soirée était humide et brouillardeuse. Installé devant sa cheminée Albert se remémora avec délices le fil des dernières heures.

Une question le tourmentait. Pourquoi cette jeune-fille était-elle venue vers lui ? Ses tempes grises, son ancien métier, sa passion pour Flaubert ? Oui, elle lui avait demandé de raconter ses enquêtes les plus marquantes et la littérature leur procurait une base d'émotions communes.

Mais sur la vraie raison, Tingaud penchait pour une autre explication.

Un an auparavant Ada avait perdu son père et son grand-père dans le même accident de la route. Ne cherchait-elle pas à combler inconsciemment ce manque affectif ?

Vers vingt-trois heures, avant d'aller se coucher, il releva son courrier électronique. Une réponse était arrivée. Elle trouvait son poème trop nostalgique mais l'attention l'avait touchée.

Le ton était tendre, amoureux. Sa jeune amie l'assurait qu'elle avait une "envie folle" de le revoir et, bien que prisonnière d'un programme surchargé, elle ferait l'impossible pour revenir entre Noël et le jour de l'an. Anticipant sa question, oui, elle était sensible à sa maturité, à sa "sagesse" et aussi à son côté "brut de décoffrage".

*

Malgré l'effort exigé pour suivre le rythme de la prépa, Ada vint comme promis passer quatre jours à Feillens entre Noël et le Nouvel An.

Les tourtereaux ne bougèrent pas de la maison, passant du lit à la table et de la table au lit.

Finie la hantise de la panne. Albert exprimait en plénitude sa passion pour la jeune fille.

De son côté, Ada ne semblait jamais lassée de l'entendre, soit de raconter les épisodes de sa vie, soit de parler littérature.

Ils inventèrent toute une série d'expressions empruntées à l'univers romanesque de Flaubert.

Voler le *zaïmph*, c'était faire l'amour ; *accompagner la Bovary*, travailler ; *ramasser le châle de Madame Arnoux*, conter fleurette ; *aller chez la Reine de Saba*, faire un bon repas…

Avant de le quitter elle lui demanda une faveur :
- Écris-moi un autre poème.

Dans la soirée Albert posta ces vers sur Internet, accompagnés d'un message très tendre.

Ma jeunesse pour ta sagesse, dis-tu.
Belle formule
Mais il n'est pire fou que le sage
Ne le suis-je d'ailleurs
Dans l'attente anxieuse de ce moment
Où plaisir deviendra douleur
Où les années se feront lourdes
Ma prétendue sagesse plus amère
Ton sourire plus lointain
Ma main plus froide
Nos cœurs plus distants
Ma folie plus évidente

*

Pour Tingaud le second trimestre fut pénible. Ils ne purent se voir et l'hiver lui renvoyait l'image d'une vieillesse naissante. Les réveils laborieux, le visage dans la glace contemplé avec moins de plaisir, les jambes lourdes et le dos fatigué…

Pourtant, "on" le sollicitait, "on" se languissait de lui. Pourquoi cette absence ? Tout à sa juvénile passion, Albert ne répondait pas.

Pour les vacances de Pâques, toujours épris de l'univers flaubertien, les amants envisagèrent de refaire le trajet du coche d'eau emprunté par Flaubert et Du Camp entre Chalon sur Saône et Lyon. Le *Chardonnay*, un ancien pétrolier du Rhône, transformé en paquebot fluvial, assurait bien des croisières sur cet itinéraire mais pas en cette saison.

Après une courte escapade dans le vignoble du Beaujolais, Ada ayant besoin de calme pour travailler et lire plusieurs heures par jour, le reste des vacances fut passé à Feillens.

Un soir il s'étonna qu'elle n'eût pas de petit ami attitré.
Si, en terminale, mais durant son année d'hypokhâgne elle s'était vite aperçu qu'une liaison amoureuse était incompatible avec la charge de travail.
De plus, le trouvant gnangnan, irréfléchi et fils à papa, elle l'avait laissé tomber sans regrets…
Avait-elle eu une vie sexuelle précoce ?
A l'été de ses seize ans, son père donnait des *masters class* à de jeunes talents dans le cadre de rencontres musicales à *Marina di Campo* sur l'Ile d'Elbe. Elle même y suivait l'enseignement d'une mezzo-soprano.
L'allure et la voix d'un ténor de sept ans son aîné l'avaient séduite. Un jour ils partirent se promener dans les bois au-dessus de la corniche rocheuse, à l'extérieur de la ville…

*

Durant l'atelier, son "cher professeur" ayant fait l'impasse sur les *Trois contes*, pouvaient-ils les lire maintenant ensemble, car ces textes courts recélaient selon lui la quintessence de la production flaubertienne.
Ils prirent alors un immense plaisir à les scruter et à les savourer dans leur intimité amoureuse.
Leur dernier soir, alors qu'Ada était déjà au lit, Albert lui lut la fin de *La légende de Saint Julien l'Hospitalier*. Bien qu'athée, le sentiment de transcendance portée par l'œuvre l'émut.
Julien, chasseur compulsif, ayant tué père et mère selon la prophétie d'un grand cerf qu'il avait transpercé d'une flèche, banni à jamais, expie en se faisant ermite et passeur bénévole d'une rive à l'autre d'un fleuve inhospitalier.
A la fin du jour, un lépreux le hèle pour passer… Après l'avoir accueilli dans sa pauvre cahute, l'autre, couvert de son affreuse lèpre, lui demanda de partager sa couche pour se réchauffer puis …

— Ah ! je vais mourir !... Rapproche-toi, réchauffe-moi ! Pas avec les mains ! non ! toute ta personne.

Julien s'étala dessus complètement, bouche contre bouche, poitrine contre poitrine.

Alors le Lépreux l'étreignit ; et ses yeux tout à coup prirent une clarté d'étoiles ; ses cheveux s'allongèrent comme les rais du soleil ; le souffle de ses narines avait la douceur des roses ; un nuage d'encens s'éleva du foyer, les flots chantaient.

Cependant une abondance de délices, une joie surhumaine descendait comme une inondation dans l'âme de Julien pâmé ; et celui dont les bras le serraient toujours grandissait, grandissait, touchant de sa tête et de ses pieds les deux murs de la cabane. Le toit s'envola, le firmament se déployait ; – et Julien monta vers les espaces bleus, face à face avec Notre-Seigneur Jésus, qui l'emportait dans le ciel.

Il la serra dans ses bras. Elle pleurait…
Ses cours reprenaient le lendemain.

*

Fin mai, sa mère séjournant en Italie, Ada le reçut dans son appartement, au deuxième étage d'un immeuble de la place Bellecour à Lyon. Avant de taper le digicode, Tingaud lut sur la plaque apposée à gauche de l'entrée :

Ici vécurent
Angelo Fenoglio (1932-2005)
Président de la chambre de commerce franco-italienne
Mario Fenoglio (1963-2005)
Baryton, organisateur de concerts.

*

Arrivé à l'étage, la porte s'ouvrit sur une surprise ! Nue sous un *baby doll* en satin noir, Ada se jeta à son cou puis, sans même lui laisser dire un mot, l'entraîna pour faire l'amour dans la chambre de sa mère !

Intimidé par le lieu Albert crut un moment voir revenir la méchante panne du premier soir…

Après leur étreinte, elle prépara un thé et lui fit visiter l'appartement.

Ce lieu respirait l'aisance mais aussi la culture. Une large entrée, petit et grand salon donnant sur la place, une lumineuse salle à manger sur cour, trois chambres principales, des bibliothèques fournies jusque dans les couloirs, une cuisine précédée d'un office où demeurait, vestige du passé, le tableau d'ordre électrique pour les domestiques…

Albert se sentait mal à l'aise. Son amante, percevant son trouble, lui raconta l'histoire de sa famille.

Les parents de son grand-père Angelo, des ouvriers originaires de Turin, militants communistes, avaient fui le fascisme au début des années trente et atterri à Vienne, au sud de Lyon. Leur fils naquit peu de temps après leur installation en France.
Apprenti dans un atelier de tissage, Angelo avait créé à la fin de la guerre sa propre manufacture.
Doué pour les affaires, cet homme avisé avait contribué à développer les échanges commerciaux entre la région lyonnaise, le Piémont et la Lombardie. Fortune faite, passionné d'opéra, il n'avait pas été hostile à ce que son propre fils, Mario, attiré par la musique, poursuive une carrière de baryton puis se lance dans l'organisation de concerts.

Mais, comme Albert le savait déjà, le destin les avait foudroyés par une nuit d'hiver dans un mortel carambolage sur l'autoroute alors qu'ils rentraient d'une soirée lyrique à Marseille.

Puis elle évoqua sa mère et sa passion pour l'édition, notamment des auteurs italiens.
Quand ils venaient dans la région pour une conférence ou une signature, jamais ils ne manquaient de lui rendre visite et parfois d'être hébergés. Umberto Eco était un familier.

Italo Calvino de passage à Lyon quelques mois avant sa mort précoce lui aurait suggéré, tout juste enceinte d'elle, de baptiser Ada le futur bébé si c'était une fille, en référence au roman éponyme de Vladimir Nabokov.

Ils dînèrent dans la cuisine de deux parts de pizza et d'une salade de tomates accompagnées d'une bouteille de blanc, un *Viré-clessé* apporté par Albert puis, une fois la collation terminée, se rendirent au grand salon.

Meublé en Louis XV, les sièges recouverts de chintz bleu pâle entouraient un piano à queue. Albert s'étonna de leur nombre, deux canapés, une demi-douzaine de chaises, deux paires de bergères, plusieurs poufs… Ada expliqua que son père y organisait régulièrement des récitals et des auditions.

Admirant deux pastels accrochés aux murs représentant, l'un un aristocrate en jabot de dentelle, l'autre une marquise déguisée en bergère, Albert suggéra, « Des *de la Tour* ? ». « Non, des copies *"à la manière de"* ! » répliqua-t-elle. Enhardi, s'approchant de la haute cheminée en marbre, « magnifique cette pendule en bronze ! ». « Pas une horloge, un cartel ! ».

Devant la mine contrite d'Albert, marri de n'avoir su distinguer une horloge d'un cartel, regrettant sa stupide répartie, elle le fit s'installer dans une bergère, s'assit sur un pouf à ses côtés et lui prit la main.

Dans ce décor théâtralisé Albert ressentait une désagréable impression, celle de deviser comme un couple de bourgeois dans l'attente de leurs invités pour une soirée mondaine. Ada très à l'aise, lui beaucoup moins.

Puis l'ambiance revint au flirt amoureux et la conversation, sur leurs goûts musicaux réciproques.

Elle se mit au piano, un ancien Pleyel demi-queue en palissandre sur lequel était posé, au milieu de piles de partitions, le portrait d'un bel homme, la quarantaine.

« Mon père », dit-elle en s'asseyant devant le clavier.

Albert aimait les Impromptus de Schubert.

Elle lui joua le premier, celui en do mineur, nostalgique, tout en retenue, avec des passages passionnés.

Décidément cette jeune femme était pétrie de talents. Plus il les découvrait, plus il se demandait pourquoi elle était venue vers lui et semblait si sincèrement amoureuse.

Albert fut encore plus surpris lorsqu'elle chanta, en s'accompagnant, une mélodie de Fauré, *Les Berceaux*. Écoutant pour la première fois une chanteuse lyrique d'aussi près, il découvrit combien une voix travaillée est puissante. Les doux accents de son amie laissaient place à une tessiture de mezzo-soprano, au léger vibrato, emplissant le salon sans effort.

Discret hommage à son père dont cette mélodie était l'un des morceaux de bravoure, en terminant elle avait les larmes aux yeux…

Ce moment d'émotion les rapprocha. Ils restèrent enlacés debout un long moment.

La soirée était avancée. En le conduisant dans sa chambre, au fond d'un couloir, Ada lui montra une petite pièce, l'ancienne lingerie, juste meublée d'une chaise et d'un piano droit où, petite-fille et adolescente, avaient lieu ses cours de danse.

*

Le lit, étroit, était mal adapté à recevoir un couple.

Après avoir fait l'amour, elle s'endormit dans ses bras.

Lui, éveillé, ne cessait de s'étonner des dons de sa jeune maîtresse et de l'incroyable chance de partager son intimité.

Même son prénom, Ada, renvoyait à une forme d'aristocratie de la culture. C'était celui de la fille de Lord Byron qui, épousant un autre lord, était devenue Comtesse de Lovelace.

L'histoire a gardé son nom car, mathématicienne et collaboratrice de Charles Babbage, un pionnier du calcul automatique, ce fut la première programmeuse de l'histoire de l'informatique…

Albert n'avait aucun doute qu'elle même vivrait une vie exceptionnelle.

Au réveil, pas question de trainer car un cours important commençait à neuf heures au Lycée du Parc.

Après un bol de café au lait dans l'office, ils sortirent et se séparèrent.

Albert était venu en train.

Durant le trajet de retour vers Mâcon, la découverte du monde au sein duquel Ada évoluait depuis l'enfance le laissait abasourdi.

Mais, en le recevant chez elle, son instinct lui suggéra que quelque chose s'était rompu entre eux.

*

Plus la date des concours approchait, plus elle se montrait anxieuse et irritable.

Ils se revirent une dernière fois place Bellecour, furtivement, peu de temps avant les épreuves.

Puis vint l'attente des résultats, épuisante pour les nerfs. Elle avait concouru pour Sciences-Po Paris et Normale Sup', Ulm et Lyon.

Il fut le premier à connaître le résultat. Elle l'appela sur son portable depuis le lycée.

- Lequel t'as eu ?
- ENS Lyon !
- Bravo ! T'es bien placée ?
- Pas trop !

*

Quelques jours plus tard Ada fut invitée à une fête organisée par ses copines de khâgne.

La plus douée d'entre elles avait décroché Ulm, les trois autres Normal sup' Lyon. Deux garçons reçus à Sciences-Po Paris et un troisième à Grenoble participaient à la sauterie.

Elle s'y rendit seule.

La soirée fut gaie. On but beaucoup, on dansa. Elle repartit accompagnée…

Devant accomplir des formalités après son admission, les amants ne devaient pas se voir de toute la semaine.

La semaine passée, Tingaud l'appela à plusieurs reprises avec des fortunes diverses.

*

Quelque chose avait changé. C'était imperceptible. Un ton plus distant, un agacement palpable.

Ces signes fâcheux furent mis sur le compte des occupations de son amante. Puis une petite voix, venue du fin fond des vieux coups durs, lui susurra que c'était le commencement de la fin. Ada s'éloignait.

Cette discrète dérive des sentiments vers la grande mer de l'indifférence lui était familière. C'est comme un bateau au mouillage dont l'ancre chasse sur le fond et qu'une brise, même légère, pousse insensiblement vers le large. En peu de temps, ce n'est plus qu'un point sur l'horizon.

Trois semaines après leur dernière étreinte, son amie était ce point sur l'océan de sa passion.

*

Un sentiment d'abandon le submergea.

Bien sûr cet amour était usurpé. Il ne pouvait ni ne devait lui être destiné. Comment imaginer qu'une jeune fille fasse sa vie avec un homme de son âge ! Les quelques moments octroyés d'intense bonheur, c'était normal qu'il les paye cher, très cher.

Ce n'était pas la première fois qu'on le délaissait et l'expérience lui avait appris comment atténuer l'intolérable absence de l'être aimé.

Partir, casser le cercle infernal des souvenirs douloureux, voir des têtes nouvelles, faire des gestes inattendus…

Voyager…

*

Le 21 juin à 22 heures, débarquant gare de Lyon à Paris en pleine Fête de la Musique, Albert déambula toute la nuit entre les multiples sources sonores balisant cette nuit exceptionnelle.

A l'aube, son errance l'avait conduit sur l'esplanade du Sacré Cœur, lieu focal où se concentraient les derniers sursauts de la fête.

Une troupe de jeunes chantait et dansait au son de guitares acoustiques sur les standards des années soixante-dix.

Une grande fille lui prit la main. Un garçon lui saisit l'autre et l'entraina sans-façon.

En suivant leur rythme l'homme au cœur blessé sentait s'opérer la renaissance.

Finis ses chichis de pré-vieux. Ses jambes suivaient la cadence, ses cheveux gris ne le tourmentaient plus, ses "douleurs" disparaissaient…

Les voiles de tristesse accumulés ces dernières semaines se dissipaient peu à peu, laissant entrevoir un paysage tout neuf, peint de couleurs éclatantes, d'émotions toujours aussi vives, de projets mirifiques…

La fille, une antillaise délurée, le regardait en souriant.

Elle lui pressait la main bien plus que la danse ne l'exigeait.

Quand la ronde se défit, elle lui posa un baiser sur la bouche.

Ce baiser furtif, comme celui du Prince charmant sur les lèvres de la Princesse endormie, le tira d'un long et douloureux engourdissement.

Il se réveilla. Il se réveillait à la vie.

*

Rejoignant la Gare de Lyon presque en courant, Albert prit le premier TGV à destination de Mâcon-Loché puis écrivit ce poème sur un bout de papier. Mais cette fois, pour lui seul…

Mon hirondelle à moi
Pour mon printemps à moi
Ce fut cette antillaise délurée
Dansant à perdre haleine
Dans l'aurore lumineuse de la Saint Jean
Sur l'esplanade du Sacré Cœur

C'était le messager de l'éternel recommencement
Le signe évident que tout renaît…
D'où venait-elle
Où allait-elle
Nulle part et partout
Comme la prochaine fille
Qui te guette au coin du cœur…

Une semaine plus tard sur la Reyssouze, dans une barque de pêche…

Albert fixe sans le voir le bouchon rouge, vert, jaune, flottant sur l'eau, juste animé par les vaguelettes produites par une légère brise.

Las de tenir la gaule, il sort son casse-croûte, boit quelques gorgées de blanc, dispose son grand parasol de pêcheur pour s'abriter du soleil et s'allonge sur le fond de la barque, la tête calée par une musette…

Le sommeil vient… Il rêve…

*

Il déambule de nuit dans un village inconnu… *Frédéric Moreau* marche à son côté…

Frédéric est un punk flamboyant, haute crête de cheveux décolorés sur le crâne, piercings et épingles de sûreté dans les lobes d'oreilles, blouson sans manches en *jean* laissant voir ses tatouages, une canette de bière à la main…

Vindicatif, il vocifère et s'en prend au monde entier, surtout aux femmes… Apparaît soudain sur un cheval noir un cavalier en pourpoint bleu portant en croupe une jeune femme étincelante, tout de blanc vêtue, coiffée d'un hennin…

Pour épater le monde, médaille de la Légion d'Honneur accrochée à une large chaîne en or, l'homme sort un pistolet en argent et tire en l'air.

Frédéric, brandissant sa canette lui lance des injures quand Albert reconnaît Ada…

Avec ses culottes courtes de garçonnet et ses sandales de plage, il se sent ridicule et n'ose regarder la belle dame qui n'a d'yeux que pour le punk.

Son chevalier servant, vexé du peu d'effet de son intervention, tourne la bride et s'éloigne…

S'ensuit une violente dispute entre les deux compères qu'une pluie d'orage force à s'abriter sous une porte cochère, transis de froid…

*

Tingaud est réveillé par une soudaine fraîcheur et les premières gouttes d'un orage.

Il enfile un chandail de laine et s'abrite sous le vaste parasol de pêcheur aussi efficace contre la pluie que le soleil…

Stoïque, il attend que passe le nuage et le soleil revienne…

Encore sous l'emprise de son rêve, une évidence s'impose à son esprit.

Après la pluie, le beau temps…